且讀

……

28

张抗抗

散文精读

张抗抗 著

浙江人民出版社

图书在版编目（CIP）数据

散文精读．张抗抗 / 张抗抗著．—杭州 ：浙江人民出版社，2019.5（2022.3重印）
（且读）
ISBN 978-7-213-09275-6

Ⅰ．①散…　Ⅱ．①张…　Ⅲ．①散文集-中国-当代　Ⅳ．①I266

中国版本图书馆CIP数据核字(2019)第082423号

散文精读·张抗抗

张抗抗　著

出版发行：浙江人民出版社（杭州市体育场路347号　邮编　310006）
市场部电话：(0571)85061682　85176516
责任编辑：余慧琴
营销编辑：陈雯怡
责任校对：陈　春
责任印务：陈　峰
封面设计：观止堂_未氓
电脑制版：杭州天一图文制作有限公司
印　　刷：浙江印刷集团有限公司
开　　本：880毫米×1230毫米　1/32　　印　　张：7.5
字　　数：141千字　　插　　页：4
版　　次：2019年5月第1版　　印　　次：2022年3月第4次印刷
书　　号：ISBN 978-7-213-09275-6
定　　价：36.00元

张抗抗

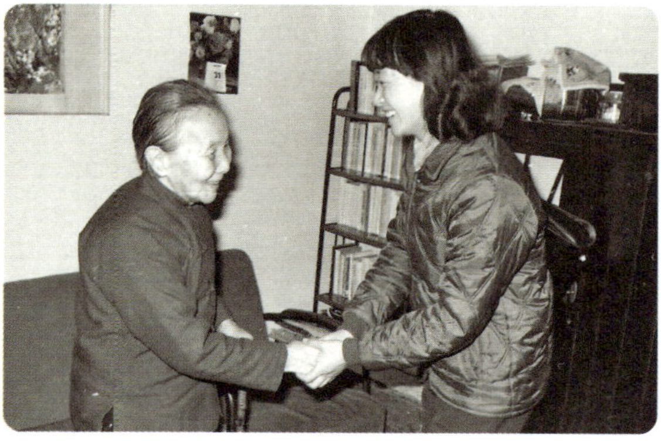

1 | 4
2 | 5
3

❶ 1969年离开杭州赴北大荒前夕

❷ 2006年春与父母和妹妹在杭州

❸ 1980年与冰心先生合影

❹ 1997年在杭州汪庄探望巴金先生

❺ 2010年9月在哈佛大学参加第二届中美作家论坛合影（左起：哈金、张凤、张炜、王蒙、张抗抗、王德威、田晓菲）

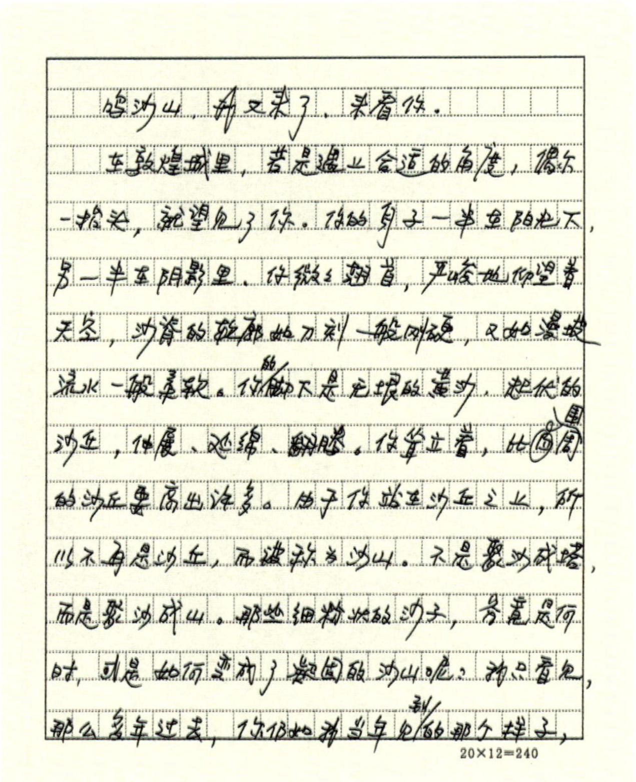
鸣沙山，我又来了，来看你。

在敦煌城里，若是遇上合适的角度，偶尔一抬头，就望见了你。你的身子一半在阳光下，另一半在阴影里。你微微翘首，严峻地仰望着天空，沙脊的轮廓如刀刻一般刚硬，又如漫坡流水一般柔软。你的脚下是无垠的黄沙，起伏的沙丘，伸展、逶迤、翻腾。你耸立着，比周围的沙丘要高出许多。由于你站在沙丘之上，所以不再是沙丘，而被称为沙山。不是聚沙成塔，而是聚沙成山。那些细粉状的沙子，究竟是何时，又是如何垒成了凝固的沙山呢？我只看见，那么多年过去，你仍如我当年见到的那个样子，

20×12=240

张抗抗手迹

目录

抒情

人物

散文精读·张抗抗》

游记

散文精读·张抗抗》

评论

抒情

橄　榄

冬天从这里夺去的，

新春会交还给你。

——海涅

那一片密集的橄榄树林，伫立在黄褐色的山坡上，树梢上似乎挂着几片低低的灰色浮云。虽值冬令，树叶儿仍是青葱苍郁。然而在那油绿的叶片下，秋天缀满枝头的尖尖小果，早已被采摘得一干二净，连一颗也不曾剩下。它们真是一颗也不曾剩下吗？我愿走遍这片橄榄林来找到它们。可是，我知道，我是再也不可能找到他了。因为“我没有看见过他的脸，也没有听见过他的声音，我只听见过他轻蹑的足音，从我房前的路上走过”。我到哪儿去寻觅他呢？实在我连他的模样也记不得了啊。在我三十岁已然纷乱的记忆中，他像崇山峻岭中的一条小溪流，隐没在遮天蔽日的林木深处，只在偶尔的一瞥中，能看见溪水的闪烁，却找不到它的来源，也寻不见它的去路。有时候，他好像在我的生活中永远地消失了。可是，在那意想不到的瞬间，他又清清楚楚地站在我的面前。想要忘掉他是不可能的，尽管至今我早已不记得他的名字……

我徘徊在这一片生机勃勃的林中，于是，那多年前尝过的橄榄——小小的、生脆的青果，那甜津津的苦味，又从嘴边汩汩地流进了心底……

“给！”他的一只大手掌摊开在我的面前，手掌上似乎滚动着什么。我不想看，我正在伤心地哭泣，剧烈地抽动着肩膀。泪珠儿沾湿了胸口的红领巾，又掉落到化妆室的地板上。

“给！”他坚持说，一只手颇有耐心地伸在那里。我不想理他，我不认识他，大概是业余广播剧团新来的学员。他也想和大伙儿一起来嘲笑我吗？我今天上台朗诵诗时，就算念错了几个地方，能怪我吗？导演昨天才给我的诗稿。我继续哭着，似乎要让全团的人都知道我的委屈……

“哎哟，小姑娘，你的眼泪是咸的，我的果子是苦的，可是，你想不想试一试，眼泪也许会变甜哩……”

他说什么？嗓音像低沉的巴松。

我抬起头来，面前是一个细高个的男青年，穿一件洗得发白的旧拉链衫。他的手掌上有几颗绿色的、椭圆形的小果。

“生橄榄？”我摇摇头，它太苦啦……

“苦，是吗？”他耸了耸肩膀，叹了口气，“大人们都不喜欢苦的东西，小姑娘也不喜欢……可是，苦和甜难道是可以截然分开的吗？你吃橄榄，好像苦，一会儿就变甜了，它会变，相信吗？”

我咂咂舌头，好像舌上流过了一种甜丝丝的味道。我不情愿地把他的橄榄塞进嘴里去。多奇怪呀，它真的会变哩，它比眼泪的涩味好多了。我为什么要哭呢？多没出息。下次演出，我不也会变出一首顶漂亮的诗来吗？我嚼着小青果，瞧着他，破涕笑了起来，他也笑了，像一个温和的大哥哥。

演出结束了，汽车送我们到电台门口。电台离我家两站路，每次我都自己走回去。

“不害怕吗，小姑娘？”他跳下车，朝我走过来。

怎么不害怕呢？今天太晚，都十点多钟了。

“我正好和你同路！”他说。

我在他旁边蹦蹦跳跳地走着，哼着歌，已经忘记了几小时前的不快。那橄榄真好。可他这会儿为什么变得这么严肃了呢？

“你的诗一共16行，念错了三个字，漏掉了一句。”他说。

我吐吐舌头。

“教室的室，应念shì，不是shí；蜘蛛的蜘，应念zhī，不是zī，南方人总是zhi—zi不分的。”

“shi—shí，室。”我愁眉苦脸地念道，“怎么能把所有的字都记住呢？”

“查字典呀，一个一个地查。”他的口气，好像在大提琴的弦上用了加倍的力气。

我不作声了，冬夜的风，钻进我的纱巾里，我弯腰去捡路灯下的一片梧桐树叶，像一片透明的细网，边上缀着珍珠似的梧桐子儿……

“不过，你朗诵时感情很真挚呢，我喜欢这个。”他补充说。

梧桐叶随风飘落了，像一只弯弯的小船要去远航。梧桐子留在我的手心里。

冬天从这里夺去的，
新春会交还给你。

他低低地念起诗来，庄严得像一位童话中的王子。他的声音像一首委婉而优美的大提琴奏鸣曲，从我的心上缓缓流过，旋律仿佛要把我整个儿包围起来。寂静的马路上，好像寒冷的冬天过去了，蝴蝶在街心公园的绿草地上翩翩起舞……

“海涅，知道海涅吗？这是海涅的诗。”

我点点头，呵，莫非他也想当海涅那样的诗人吗？

“你长大想干什么呢？”他忽然问。

“考重点中学呀，再考重点大学。”我一本正经地回答。我当然不敢告诉他，我如何崇拜一个当时最出名的女作家。

“和我一样，我也想考最好的大学。可是总考不上。”他笑了笑，“不过不要紧，会考上的，明年就会考上。到时候我请你吃糖，吃巧克力，好不好？考不上也没关系，就像生橄榄，有人觉着是苦，有人却以为是甜。苦和甜，人和人的感觉还不一样哩……”

那天晚上，我还来不及把他的话很好地想一想，就看见了爸爸妈妈在小巷口的路灯下朝我走来。他们来接我了，我欢喜地扑上去，忘记了和他说再见。

下一个星期六，再一个星期六，他照例对我说：“走吧，咱们同路。”我们照例在马路上念诗。他像第一次那样，纠正我的发音，不知不觉就走到我家的那条小巷口，爸爸妈妈又在那儿等我。我总是迫不及待地跑上去，即刻把他忘得一干二净。回到家里，才想起来没有同他说再见。他好像并不生气，下一次，他仍然送我。他每次对我说的话，好像和别人不一样。可他到底是干什么的呢？他叫什么名字？那时我好像还没有懂得大人们交朋友的习惯，总没有想起来问他。

过了很久，又是一个星期六，没有我的节目，我在电台大楼的走廊里闲逛，忽然听见从一个空屋子里传出叮咚的钢琴声，是我最喜欢的儿童歌曲《是谁吹起金唢呐》，我推门一看，竟然是他在弹，弹得那么专心。我悄悄溜进去，站在一边听着。听着听着，我也跟着唱起来：“……梨花像云朵呀，桃花像朝霞，牵牛花儿爬上了小篱笆……”

外面街上走过几个青年，把脸贴着窗玻璃看了一会儿，怪声怪气地唱道："哎哟——小妹妹唱歌郎弹琴……"

那一曲正好终了，我便好奇地问他："他们唱什么？狼弹琴，狼难道会弹琴吗？狼弹琴，我才不唱哩！"

他忽然脸红了，呆呆地看着我，很快站起身，"砰"地合上琴盖，走了出去。那琴键还在跳跃着，欢乐的曲子在地毯上飞舞，一会儿便消失在关闭的琴盖里，无声无息了。只留下我一个人，莫名其妙、惶惑不安地站在那里。

晚上出来，他不再送我了。那琴盖"砰"的一声响，好像把我们之间的友谊（如果这也算是一种友谊）打断了。我难过了好几天。但不久功课紧张起来，准备升学考试，我一连好几个星期没去电台，就把这件事忘了。升学考试以后，我又生了病，一直到八月中旬拿到了录取通知单，我才欢天喜地地出现在星期六的播音室门口。

我的眼睛在急切地转动，搜寻着他。我要告诉他，我考上了全市最好的中学。而他呢？还在生我的气吗？他考上最好的大学没有呢？他说他要考中央戏剧学院导演系，他没在这儿，一定是考取了，去北京了。他说过要请我吃巧克力的呀。

"考上了吗？考上哪儿了？"大伙七嘴八舌地问我。

"杭一中，重点学校。"我心不在焉地答道。

"给你！"一双白皙的手，突然递过来一包东西。

"你的哥哥走啦，"有人同我开着玩笑，"这是他留给你的糖。"

“他，他去北京了吗?”我快活得喘不过气来。

“去新疆建设兵团了……这次又没考上……一连三年，文学、外语、口试、小品，都是第一，每次参加复试，都在前三名。可是，又没录取……”

我的心，好像一下子掉入了冬天的西湖，冰凉冰凉。“为什么，为什么不录取他呢?”我叫起来。

“他父亲……呵，不清楚……”他们没有说下去。

我明白了，默默走出去。他在周六晚上送了我那么多次，竟然一句也没对我说他自己的事情。现在我到哪儿去找他呢?我连他的名字都不知道呵！我一定是天底下最傻的小姑娘了。

我悄悄走进了那间他弹过钢琴的房间，一个人打开了他留给我的那个纸包，并不是什么巧克力，而是几只变了色的青橄榄，只有果实的气息依旧。纸包里有一张折叠的小纸条，写着两行小诗：

冬天从这里夺去的，
新春会交还给你。

没有名字，也没有地址，他就这样走了，走到谁也不知道的地方去了。我到哪儿去找他呢?我再也见不到他了。

我哭起来。成串的泪珠从脸颊上滚落下来。不知为什么，我觉得很悲伤。在我那尚未受过挫伤的童稚心灵里，充满了一种对别人深深的同情，也有对我自己未来的恐惧。我想到了我自己，将来，是否也有同样的命运在等着我？可是他，为什么喜欢吃青果呢？苦涩的青果，常常被我们南方人称为橄榄的生青果，放在嘴里，嚼着嚼着，它们会慢慢由苦变甜。他说，咸的泪水不会变成甜的，苦和甜，人和人的感觉是不一样的，苦和甜是会变的。他是多么奇怪的一个人啊！

我长久地哭泣着。为他，也为我自己。青果为什么不是生来就甜呢？而是要用那么多甘草冰糖去腌渍它，直到变成橄榄，大人和小姑娘们才会喜欢……我要哭，也为橄榄。

我徘徊在这一片密集的橄榄林中，寻觅着枝头也许会侥幸留下的小小的青果，仿佛要找到自己的少女时代。后来的这些年中，命运像对待他一样，也无情地把我抛出了西湖那温暖的摇篮。我当然是没有再考上什么最好的“重点大学”，而是像他一样，毅然别家而去，远走天涯。在那漫长的艰苦岁月中，我常常想起他来，想起他发白的拉链衫，也想到那些青果或是橄榄。

有时我觉得，他是从我的生活中永远地消逝了。可是不知什么时候，他像亮晶晶的小溪流一般，从千折百回的山岩里转出来，在我面前倏地一闪，又急忙奔向密密的丛林里去了。那时候我才体会到，一个似乎很平常的人说过的一句似乎很平常的话，也许会对一个人的一生发生不平常的影响，它留在记忆仓库的一角多年，说不上什么时候，当你也面临一种相同的处境的时候，你才会真正理解它。尽管你也许根本想不出这句话来自哪里，也记不起那个陌生人是谁。

然而，我还是渴望着能够见到他。我幻想着他现在已经是一个出色的导演，带着一台轰动的话剧，从新疆来到北京的舞台上。我坐在观众席上看戏，看着看着就像孩子一样哭起来。那时候他就会走过来，对我说："哎哟，小姑娘，眼泪是咸的，橄榄是苦的，可眼泪不会变甜的呀！……"

也许就因为这神妙的、会由苦变甜的橄榄，我们才使自己止息了哀叹和哭泣，从那阴暗的小屋里走到了开阔的原野上；我们才度过了那些没有太阳的日子，寻找着我们期待的光明。他在18岁前就懂得了这一点，他是多么幸福呵。也许这本来是一个简单的道理，只是还没有很多人懂得或者愿意像他那样去做。

我终于在一株瘦弱的橄榄树下，捡到了一颗尖尖的黄褐色的小果，它的皮已经变得很皱，要不了多久，它就会化为泥土，融进深厚的大地中去。它将不复存在，只留下一粒坚硬的橄榄核。然而，这又有什么呢？——

"冬天从这里夺去的，新春会交还给你。"

我多想再尝尝那苦滋滋、甜丝丝的生橄榄呵。

夜航船

我要记下关于夜航船的事，是因为自从我在五岁那年坐过夜航船之后，我从此再没有能够摆脱它。

天快黑下来时，我们踩着一条宽宽的跳板，走上了一艘木船。

记忆中的那条船，船篷刷成长长一排灰白色，在暮色里看上去乌秃秃的。船篷下黑黝黝，使人想起山洞和妖怪。我呆望着船舷两边悠悠荡去的河水，迟迟不肯走进那“山洞”里去。

后来有戴着毡帽的几个老头，站在船舷上，用力推移那些船篷，篷篷是半圆形的，像一把把撑了一半的雨伞。他们把几张篷叠架在一起，就有黄昏的余光照出了“山洞”的原形：竟是一舱底擦洗得晶亮的船板，从头铺到尾。贴着一边的篷角，有几十个卷起的铺盖，下面露出船板旧而干净的木纹。那木船的宽度，恰好跟大人的身高差不多。已有陆续弯腰进舱来的旅客，规规矩矩脱下自己的鞋子，放在铺板一角，然后歪下身子又横过身子，在蓝花布的棉垫上七仰八叉地躺下来……

那会儿我忽然意外地发现，五岁的我竟然不必弯腰，就可以走进那低矮的船篷里去。

我发现所有的大人在钻进船篷之前，就已低下头做好了弯腰的准备。

我发现所有的大人一旦钻进了船篷之后，便再也不想或不能站立起来。

于是我以极快的速度从船头到船尾跑了一个来回，在船板上使劲跺着我红色的灯芯绒棉鞋，用小手拍打那坚硬冰冷的船篷。我居然可以挺直了胸脯，趾高气扬地直立行走在这条船上，自由奔跑跳跃，我感觉到船身在我微不足道的小身体下，轻轻地摇晃起来。

我真希望一辈子坐夜航船。

那船篷终于被平平实实地拉合上了。一层压一层，很像冬笋的硬壳。船篷两头挂起了厚厚的棉帘子，船篷中央吊着一盏昏暗的汽油灯，若隐若现地照出篷顶上一根根弯曲的竹筋，还有编成十字形花纹的一层竹篾。忽然有一只大手拧灭了那悬挂的汽油灯，四周一团漆黑。黑暗中有一亮一灭星星点点的红火闪烁，我的喉咙被弥散在四周的那股呛人的烟味熏得痒痒。我拼命睁大了眼睛，觉得自己像是被塞进了一只黑匣子，顺水漂流……

我嘤嘤地哭起来，心里充满恐惧。那时我还是一个地地道道的小女孩，我从来只有在自己家里的床上睡觉。那么，难道这些大人上船就是为了睡大觉来了？这些大人真是一点点都不懂事。

船舱里很快安静下来。从船舱的另一头传来低低的咳嗽声和喘息声，还有船尾那些被捆绑的活鸡鸭发出喑哑的挣扎声。在那些声音的间歇中，渐渐升起一种有规律、有节奏的响动，像是什么人在开启着一扇古老的木门，又重新合上，周而复始……

是摇橹人光脚踏着船帮，撑船来回走的脚步声。妈妈说。

又夹杂着断断续续有节奏的音乐，好听，却有着悲哀的意思，像一首运河的摇篮曲。

是摇橹人唱的小调，妈妈说。摇橹人很苦。

似乎因着这橹声，才知自己确在行走。船身随木桨一左一右地摇摆，倾斜中，我觉得自己轻微地眩晕。

便缠着妈妈讲故事。

橹声渐渐远去，像消失在小巷深处的卖炒白果的竹板。

却不知为什么我越发地眩晕起来，手心沁出了一层湿汗。后背的棉袄烫得像刚灌好的热水袋，喘不过气。我热，我说。那时我不会说闷，其实一定是闷。我闻到空气里有一股呛鼻的臭鞋臭袜子味儿，还有陌生人的陌生气味，像笼子一样。难受。我大声说。那时我不会说窒息，其实一定是窒息。

有人猛地翻了一个身。

我觉得自己也被人猛地翻了一个身，什么东西从心口使劲往上蹿。我呃了一声，我听见妈妈慌慌张张地搜寻着什么。我又哇的一声，有股热乎乎的东西从喉咙里喷出来。我死死抓住妈妈塞给我的一只冰凉的圆盆，在黑暗中倾其所有地吐了个痛快。

天亮后我才看清，妈妈塞给我的那只圆盆竟是一只痰盂，就是离开家时，妈妈一直让我自己用网兜拎着的那只洁白的小痰盂。既然妈妈明知道坐夜航船会呕吐，为什么还要带我来坐这呕吐的夜航船?

记不清我吐了几次，那条一摇一晃的夜航船始终没有放过我。它好像因着我的不肯睡下而故意惩罚我。它好像更喜欢那些乖乖趴下的大人们。后来我听见在船的另一头也有人发出哇哇的声音，原来大人们也难逃呕吐，既然他们知道要呕吐，却为什么还要坐这呕吐的夜航船呢?

便吵着要尿，也许真实的小心眼儿，是想离开这憋气的船舱。

后来果然就让妈妈牵着，跌跌撞撞地从那一个个铺盖卷的空当中，小心地跨过一个又一个躺着的大人。当妈妈撩开了那厚重的门帘时，我第一眼看见的是深蓝的河边上，跳跃的一丛橘黄色的渔火，还有远远的岸上微弱的灯光。

现在我还能记得当时的情景：河很宽，（既然很宽，船为什么那么窄？）水很平，（既然很平，为什么船会摇晃？像走在七高八低的石子路上？）天空是灰蓝色的，很高很远，（既然天那么高，为什么船篷那么低只能让人躺倒?）我们的船很小很小，孤零零地在河里慢腾腾地挪动。大运河里一条船也没有，岸边上模模糊糊、奇形怪状的桑树林，很像一幕幕皮影戏。没有月亮也没有星星，但好像有天光映照着舱板，看得见摇橹人手中那支巨大的木桨，在水面上撩起亮闪闪的水花。

忽然，前面的天空中，架起了一座单孔的石拱桥，当船身从桥洞里缓缓穿过的时候，竟如手指滑过古老的琴键，水波在桥洞空阔的琴腔里发出嗡嗡的回声，很是奇妙。

又忽然，河心就出现了一所小房子。房子的基部有十几只柱脚，像鹤鸟一样立在水里。房子四周有一圈用竹篱笆围起来的栅栏，妈妈说那叫渔寮，住着看守鱼塘的人。当船经过栅栏时，便听见一声短促的哨声，船底擦过落闸的竹篱，伴着长长的“刷——”声，像叹气也像撕信封开口，舒服而惬意。又掠过一阵飘着鱼腥味的凉风，竟把我的燥热、我的恶心、我的眩晕都驱走了。

原来夜航船的大运河是这样美丽而有趣的。

却为什么要把我们关在那黑咕隆咚的船篷下，黑咕隆咚地走大运河?

睡吧，妈妈说。她攥紧了我的手，她的手冰凉。

她弯下腰低下头，掀开门帘把我送回船舱里去。我摸索着从那些蜷缩的人形空当中跨过去，几乎踩在了大人们的鼻尖上，有人在睡梦中发出含糊不清的咒骂。我知道自己决不可能再次请求去甲板上撒尿了，我的反抗已到了尽头。更糟糕的是我回到自己的铺位上，便重新开始了眩晕和呕吐，一直吐到根本没有一滴尿为止。

我终于发现自己也乖乖地躺了下来。

站立不可能，终于是连坐着也不可能了。

近处有雷声传来，可我后来明白了那不是雷声而是鼾声。摇橹人的小调萦绕在我的头顶，妈妈轻轻拍着我。这情形很像摇篮，但我已经不再需要摇篮了。

我记得那个时刻我很绝望。我知道自己唯一的选择就是睡觉，同那些大人们一样，在黑暗中度过黑暗。

那以后船上的一切声音都渐渐终止，只剩下妈妈臂弯里运河欸乃的桨声。那绿色的漩涡和水流从我枕下穿过，流向一个无底的深潭。

忽地被一阵骚乱惊醒。黑暗中感觉到船身不再摇晃。妈妈轻声说到了到了。头顶的船篷发出咚咚的响声，然后被快速移开去，头顶刷地投下了一道苍白的晨光。从那被移开的船篷向外望去，朦胧的曙色中一爿临水的白色房屋，一条黄狗冲着河面懒洋洋地叫着。岸边一间青石砌成的码头亭子外，站着一个头发花白的老人。

外婆家终于到了。

在一艘陌生的船里，同一些陌生人一起走过陌生的夜路后，就到了外婆家。从此夜航船永远同外婆家不可分离。从此外婆家永远是夜路尽头一个晨光熹微的梦。

那一夜我吐出了我童年的天真。

那一夜我失去了我的可以直立的夜航船。

后来也许还坐过几次夜航船。20世纪50年代初，从杭州去杭嘉湖平原水乡的洛舍镇，夜航船是主要的交通工具。那时人们没有别的船可以选择。我记得每一次去坐夜航船，心里都充满忧虑：待我长大以后，是否也将如同那些大人们一样，弯腰低头钻进船篷，在这无法直立的船舱中去走那黑夜的航程？那么长大意味着什么？长大便不再是我自己了么？

幸运的是，待我长大以后，小火轮和汽车已替代了漫漫长夜的乌篷船。我从此幸免于探望外婆时那一夜的忍耐与焦灼。然而，那五岁的夜航船却无法从我记忆中消失——我从此害怕睡觉、从此晕船晕车晕飞机、从此呕吐不止。那夜航船的幽灵在噩梦中缠绕我时，我总是不能直起身子，而是蜷缩着，从黑暗中那一个个似人又非人的空当中摸爬过去……

地下森林断想

森林是雄伟壮丽的，遮天蔽日，浩瀚无垠。风来似一片绿色的海，寂静如一堵坚固的墙。那就是森林，地球尚未造就人类，却已经造就了它，植物世界骄傲的代表。

可是你，却为什么长在这里？长在这阴森森黑黝黝的幽深的峡谷。我寻找你，爬上了高高的山岭，穿过了长长的石洞。袅袅烟云在我身边飘浮，而你那充满生机的树梢，却刚够得着我的脚尖，还不及山坡上小草儿高。森林深不见底，宽不可测，没有人见过你的全貌。虽然你拥有珍贵的树木，这大自然无价的财富，然而你沉默寡言、与世无争——多么不公平啊，你这个世上罕见的地下森林。你从哪里飞来？你究竟遭受了什么不幸，以致你沉入这黑暗的深渊，熬过了那么漫长的岁月？

那一定非常非常遥远了。那时候这里也许是一片芬芳的草地，也许是清澈的湖泊，美丽的大自然，万物鼎盛。可是突然一次巨大的火山爆发，瞬息间改变了一切。狂风呼啸，气浪灼人，沙石飞腾，岩浆横溢，霎时天昏地暗，山崩地裂，好像到了世界的末日……

人们不知道地球为什么要发这么大的脾气。或许仅仅是因为它喜欢运动。喃，听苍郁的巨木在风暴中咔咔折断，见地心的“热血”喷射上天，气势之宏伟壮观，连太阳都要肃然起敬。

然而它终于息怒了。于是一切都平静下来。火山把岩石熔化成沙砾，把峻岭劈成深渊，一切都改变了：草地变成了明镜似的湖，昔日的湖底成了奇形怪状的石山。烧焦的石头取代了绿色的森林，黑色的岩浆覆盖了娇艳的野花。多么宁静的世界呵，万籁俱寂，没有百鸟啾啾，没有树叶沙沙……

就像地球上所有的火山爆发后留下的痕迹一样，在这里，黑龙江省宁安县境内距镜泊湖一百八十公里的山林里，早已沉寂的火山留下了七个不规则的深坑，四面均为悬崖，险岩峭立，怪石嶙峋。深处百十米，浅处少说也有三四十米。谷底开阔，散落着万年前山摇地动时崩塌下来的巨石。

火山制造了峡谷、深渊，却没有留下生命。山是光秃秃的，坑是光秃秃的，太阳依然高悬，可是山没有颜色，坑没有颜色……

多少年过去了，风儿把山顶上岩石的表层化作了泥土，瘠薄而细密；它又不辞辛苦地从远处茂密的树林里捎来种子，让雨水把它们唤醒。坡上青翠的小苗讨得阳光喜欢了，便慷慨地抚爱它们。于是，灰黑的火山石渐渐变绿了，悬崖上，山岭间，一片郁郁葱葱，鸟儿也回来了，为的是歌唱生命。

然而那幽暗的峡谷，却依然如故。黑黝黝、光秃秃、阴森森、静悄悄。樵夫听得见泉水在谷底的石洞里激起的滴答回声，猎人追踪狼嗥虎啸至此，除了厚厚的青苔之外什么也没有。几千年过去了，大自然的生命无处不在，峡谷却没有资格得到哪怕一株小草……

也许鸟儿掠过山崖，衔叼的草茎曾在这里落下过草籽儿，但是草籽儿没有发芽；也许山泉流过谷底，携带过几粒花种，但是小花儿没有长大。都说阳光是公平的，在这里却不，不！阳光享用着高山大川平野对它的欢呼致意，却从来没有走到这深深的峡谷的底部来探访。它吝啬地在崖口徘徊，装模作样地点头。它从没有留意过这陷落的大坑，或许早已将它遗忘。即使夏日的正午，偶有几束光线由于好奇而向谷底窥探，也是斜视着眼睛，没有几丝暖意。

阳光不喜欢峡谷，峡谷莫非不知道?

不幸的峡谷，它本可以变成一串明珠似的小湖，像德都县的高山堰塞湖“五大连池”那样，轻而易举就可赢得人们的赞美。可是它却不。它悄然无声地躺在这断壁底下，并不急于到世上去炫耀自己；它隐姓埋名，安于这荒僻的大山之间，总好像在期待着什么，希望着什么。它究竟在期待和希望着什么呢?

长空的大风经过这里，停下了脚步。不等探询，便很快理解了它。它把坑口的石块碾成粉末，一点一点地撒落到峡谷的石缝里去。

洁净的山泉日日与它相伴，也终于明白了它。它从石洞里流出来，又一滴一滴渗进石缝里去，把石块碾成的粉末变成了泥土。

山顶的鱼鳞松时时顾盼着它。虽然相对无言，却是心心相通。它敬仰峡谷深沉的品格，钦佩峡谷坚韧的毅力；它为阳光的偏心愤懑，为深渊的冷遇不平。秋天，它结下了沉甸甸的种子，便毅然跳进了峡谷的怀抱，献身于那没有阳光的“地下”。也许为它所感召，纯洁的白桦、挺拔的白杨、秀美的黄菠萝，它们勇敢的种子，都来了，来了。一粒、几十粒、几百粒。也许不是出于怜悯，而是为了试一试大自然的生命力究竟有多强……

几千年过去了，几万年过去了。

孱弱的小苗曾在寒冷霜冻中死去，但总有强者活下来了，长起来了，从没有阳光的深坑里长起来。

几千年过去了，几万年过去了，进入了人类的文明时代。终于有一天，人们在昔日的死火山口发现了一个奇迹，一个生命史上的奇迹——幽暗的峡谷里，竟然耸立着一片蔚为壮观的森林，柞木苍郁，松树成林，整整齐齐、密密麻麻。只因为它们密集地成长于井底一般的深谷之中，黑森森不见阳光，有人便为它起了一个恰如其分的名字，叫作“地下森林”。

如果它早已成为漂亮的小湖，奇丽的深潭，也许早就免除了这“地下”的一切艰辛。但是它不愿意。它懂得阳光虽然嫌弃它，时间却是公正的，为此它宁可付出几万年的代价。它在黑暗中苦苦挣扎向上，爱生命竟爱得那样热烈真挚。尽管阳光一千次对它背过脸去，它却终于把粗壮的胳膊伸向了光明的天顶，得到了自己期待和希望已久的荣光——那不是人们的赞美，而是它无私地奉献给人们的伟岸成材！坚硬、挺直，绝无半分媚骨。

地下森林——我为寻你爬上了高高的山岭，原只是因为好奇，却想不到你如此强烈地震动了我的心怀。我不愿离去了。我望见涧底闪烁的泉水，我明白那是你含泪的微笑。

秋日的艳阳在森林的树梢上欢乐地跳跃，把林子里墨绿的松、金色的唐棋、橘黄的杨、火红的枫，打扮得五彩缤纷。瞧！阳光现在多么喜爱它们，好像它从来就是这么慷慨。

风儿从我脚下的林子里钻出来，送来一阵阵愉悦而又深沉的林涛低吟。你的歌是唱给曾在困难中真诚地帮助过你的伙伴们听的吗？它们如今都到哪儿去了呢？……

山顶上干枯的小草儿在我脚下发出簌簌的响声，似乎在提醒我注意它。它确实比你这地下森林要高出好几分呢，这得意的小草儿。然而我却想攀着古藤爬下去，爬到那深深的谷底去。那儿的树木虽然远不如山上的小草儿高，但它却可以自豪地宣布：我是森林！

呵，我听见了，听见那莽莽群峰和高高天庭上震荡的回声：我是森林！

大自然每一次剧烈的运动，总要破坏和毁灭一些什么，但也总有一些顽强的生命，不会屈服，绝不屈服呵！地下森林，我们古老的地球生命中新崛起的骄子，谢谢你的启迪。

我景仰那些曾在黑暗中追寻光明的地下的“种子”。愿你们创造更多的奇迹！

牡丹的拒绝

它被世人所期待、所仰慕、所赞誉，是由于它的美。

它美得秀韵多姿，美得雍容华贵，美得绚丽娇艳，美得惊世骇俗。它的美是早已被世人所确定、所公认了的。它的美不惧怕争议和挑战。

有多少人没有欣赏过牡丹呢?

却偏偏要坐上汽车火车飞机轮船，千里万里跋山涉水，天南海北不约而同，揣着焦渴与期盼的心，滔滔黄河水一般涌进洛阳城。

欧阳修曾有诗云：洛阳地脉花最宜，牡丹尤为天下奇。

传说中的牡丹，是被武则天一怒之下逐出京城，贬去洛阳的。却不料洛阳的水土最适合牡丹的生长。于是洛阳人种牡丹蔚然成风，渐盛于唐，极盛于宋。每年阳历四月中旬春色融融的日子，街巷园林千株万株牡丹竞放，花团锦簇香云缭绕——好一座五彩缤纷的牡丹城。

所以看牡丹是一定要到洛阳去看的。没有看过洛阳的牡丹就不算看过牡丹。况且洛阳牡丹还有那么点儿来历，它因被贬而增值而名声大噪，是否因此勾起人的好奇也未可知。

这一年已是洛阳的第九届牡丹花会。这一年的春却来得迟迟。连日浓云阴雨，四月的洛阳城冷风飕飕。

街上挤满了从很远很远的地方赶来的看花人。看花人踩着年年应准的花期。

明明是柳枝滴翠，桃花嫣红、梨花带雨，海棠已落英缤纷——可洛阳人摇头说：牡丹呢？牡丹没开，不算不算。

那个又冷又静的洛阳，让你觉得有什么地方不对劲。你悄悄闭上眼睛不忍寻觅。你深呼吸掩藏好了最后的侥幸，姗姗步入王城公园。你相信牡丹生性喜欢热闹，你知道牡丹不像幽兰习惯寂寞，你甚至怀着自私的企图，愿牡丹接受这提前的参拜和瞻仰。

然而，枝繁叶茂的满园绿色，却仅有零零落落的几处浅红、几点粉白。一丛丛半人高的牡丹植株之上，昂然挺起千头万头硕大饱满的牡丹花苞，个个形同仙桃，却是朱唇紧闭，皓齿轻咬，薄薄的花瓣层层相裹，透出一副傲慢的冷色，绝无开花的意思。偌大的一个牡丹王国，竟然是一片黯淡萧瑟的灰绿……

一丝苍白的阳光伸出手竭力抚弄着它，它却木然呆立，无动于衷。

惊愕伴随着失望和疑虑——你不知道牡丹为什么要拒绝，

拒绝本该属于它的荣誉和赞颂？

于是看花人说这个洛阳牡丹真是徒有虚名；于是洛阳人辩解说其实洛阳牡丹从未如今年这样失约，这个春实在太冷，寒流接着寒流怎么能怪牡丹？当年武则天皇帝令百花连夜速发以待她明朝游玩上苑，百花慑于皇威纷纷开放，唯独牡丹不从，宁可发配洛阳。如今怎么就能让牡丹轻易改了性子？

于是你面对绿色的牡丹园，只能竭尽你想象的空间。想象它在温煦的阳光下一团团火热的激情；想象它在春日的微风中一朵朵灿烂的笑容——牡丹开花时犹如解冻的大江，一夜间千朵万朵纵情怒放，排山倒海惊天动地。那般恣意那般宏伟，那般壮丽那般浩荡。它积蓄了整整一年的精气，都在这短短几天中轰轰烈烈地迸发出来。它不开则已，一开则倾其所有挥洒净尽，终要开得尽善尽美、倾国倾城。

你也许在梦中曾亲吻过那些赤橙黄绿青蓝紫的花瓣，而此刻你须在想象中创造姚黄魏紫豆绿墨撒金白雪塔铜雀春锦帐芙蓉烟绒紫首案红火炼金丹……想象花开时节洛阳城上空被牡丹映照的五彩祥云；想象微风夜露中颤动的牡丹花香；想象被花气濡染的树和房屋；想象洛阳城延续了一千多年的“花开花落二十日，一城之人皆若狂”之盛况。想象给予了你失望带来的纪念，给予你来年的安慰与希望。牡丹为自己营造了神秘与完美——恰恰在没有牡丹的日子里，你探访了窥视了牡丹的个性。

其实你在很久以前并不喜欢牡丹。因为它总被人作为富贵膜拜。后来你目睹了一次牡丹的落花，你相信所有的人都会为之感动：一阵清风徐来，娇艳鲜嫩的盛期牡丹忽然整朵整朵地坠落，铺散一地绚丽的花瓣。那花瓣落地时依然鲜艳夺目，如同一只奉上祭坛的大鸟脱落的羽毛，低吟着壮烈的悲歌离去。牡丹没有花谢花败之时，要么烁于枝头，要么归于泥土，它跨越委顿和衰老，止于青春而死亡，止于美丽而消遁。它虽美却不吝惜生命，即使告别也要留给人最后一次惊心动魄的记忆。

所以在这阴冷的四月里，奇迹不会发生。任凭游人因扫兴而抱怨，牡丹依然安之若素。它不苟且不俯就不妥协不媚俗，它遵循自己的花期自己的规律，它有权利为自己选择每年一度的盛大节日。它为什么不拒绝寒冷?!

天南海北的看花人，依然络绎不绝地涌入洛阳城。人们不会因牡丹的拒绝而拒绝它的美。如果它再被贬谪十次，也许会繁衍出十个洛阳牡丹城。

于是你在遍寻不见牡丹的遗憾中倏然惊觉：富贵与高贵只是一字之差。同人一样，花儿也是有灵性、有品位之高低的。品位是为“气质”，为“灵魂”，为“筋骨”，为“神韵”，只可意会不可言说。你叹服牡丹卓尔不群之姿，方知“品位”是多么容易被世人忽略或漠视的美。

我的节日

每个人的生命都纯属偶然。为什么那个时刻未经自己选择就偏偏有了我？为什么我又偏偏选择了那一天降临？

我的生日在夏天。按阳历，最热的七月初。从那一天开始，我成为一个“人”，地球的生命中，就有了一个“我”。所以生日是唯独属于自己的节日。世界上也似乎只有一个人与你的生日有关，那就是生育你的母亲。

小时候过生日，正是期终考试的关键时刻，妈妈当时在中学教书，也在紧张的气氛中。好几次生日过完了才想起来，就缠着妈妈要补，妈妈笑嘻嘻地拿出早已准备好的生日礼物给我——差不多总是一本精美的图书、一支新的笔，或是一个笔记本儿。那时家里经济不太宽裕，整盒的奶油蛋糕是生日的梦想。偶尔的，也许让大人带着，到延龄路上的海丰西餐社，买一小块切好的长方形蛋糕，上头的奶油花纹已支离破碎，却很心满意足。

19岁那年初夏，去了北大荒的一个农场，从此就把生日扔到了杭州老家。离开母亲似乎就离开了自己的生日。再没有人会来关心你曾经哪一天来到人间，或是你对于人间的印象如何。就连我自己也在终日的劳累和挫折中，淡漠了疏忽了对自己的兴趣。

真不记得曾经怎样纪念过生日。留在记忆中的只是一团浑噩而灰暗的“史前”星云。金色的不是蛋糕而是窝头，蜡烛很多却是为了照亮黑夜。也许那个日子是为自己采过荒原上的野花的，它很寂寞地被插在一只漱口杯里，没有人知道它的名字，也没有人想知道它在想些什么……那时的人都极渺小极微不足道，不存在一个生命同另一个生命的区别。

忽然有一天收到一封厚厚的家书，信中夹着一方雪白的真丝手绢，手绢的一角，用红色的丝线绣着一行拼音字母：Kang Kang，顿时眼眶一热，差点就落下泪来。字母是妈妈亲手绣的，绣的是我的名字。想象着不擅女红的母亲，在灯下一针一线地绣出我的名字，是多么艰难的场景。但妈妈信中只淡淡说：这件礼物是全家人的一点心意。为祝贺我的生日，全家还特地吃了一回面条呢。

便觉得自己活在世上还被人惦念、重视或是爱着，这一日就赫然地兴奋、振作起来。以后的日子无意就扬起了头，天空也云开雾散的明朗。因着生日对自己生命的提醒与珍爱，浑噩中有了初始的自信。恍然记起自己的年龄，不过是二十几岁，人生尚遥远，不知将以什么奉献给未来每一年的这个日子，即使不为自己，也为了在这一日的痛苦挣扎和淋漓鲜血中生养我的母亲。

从那一天开始，我对生命的来历有了更多的追问。我不知自己究竟从哪里来，要到哪里去。我只知道我必是从某地来，也必得到某地去。我发现自己已长大成“人”，却没有成为“我”——我把自己失落在何处？一个没有“我”的人生，又何必用我来活？

我要从此确立我的节日，是为了一年一度替我自己招魂。

就这样匆匆忙忙磕磕绊绊地过了30年。

1980年春，我在文学讲习所学习。夏日的一天，所里组织学员去北戴河休假。临上车之前，忽然想起今天是自己的生日。30岁生日——三十而立，毕竟是个值得纪念的日子，上车前特地去买了些漂亮的酒心巧克力糖。上了车，忍了又忍，终于是忍不住，把糖果迫不及待地分给大家。很郑重其事地宣布说今天是我的生日，愿大家同我一齐分享。车厢里就热闹起来，可惜那时都还不会唱《祝你生日快乐》这首歌。有人说你生日出门旅行，看来这辈子总要来来去去了。

望着车窗外无垠的田野，以往的岁月也如疾速后退的树木和房屋悄然逝去。30年活得认真活得勤勉，没有很多欢乐却有些许收获。30岁的生日给我安慰也给我警示：正如这隆隆作响呼啸奔驰的列车，我已无法止步无可选择。但我是否将载着一代人的希冀，在茫茫人世间探寻人性的奥秘？

那个中午，同学们在海边的一家饭店聚餐。海很近了，只几步之遥，听海浪声声喧哗，撩拨人心；清凉的海风习习。带走了闷热都市的暑气与浮躁。那天我喝了许多祝贺的啤酒，我记得我并不快乐，但心里升起写作的冲动，我多么想用自己的力气与才能，去体验、去理解、去表现这个世界啊。

傍晚时我们一齐涌入大海。海天无垠，海水温暖又凉爽。脚底踩着柔软的沙滩，身体被海浪微微晃动着，视线可及海尽头的天际线。

那个瞬间我领悟到人生的短暂和自然的永恒，有一刻，心里充满人生的幻灭感——每个人的生命都不可再生，一切的创造物在出生的同时就含着虚无和毁灭的悲剧意味。我将如何去超越、超脱自我，在这一个仅属于我一次的人生中不致因追求“生”的成功而异化了生命本身……生日之海的“洗礼”，如云缝之光，给我永远难忘的彻悟。

开始恋爱之后，就有了一些男友而不再是妈妈一起与你过生日。年龄的数字一回回增大，却总是属虎。从一只小老虎变成中老虎最后终于会有一天变成老老虎。心里一向挺喜欢老虎的，人有虎性虎虎而有生气。果然就有各种姿态各种质料的玩具老虎工艺老虎，作为男朋友们赠我的生日礼物存入箱底。偶尔翻看，便唤起在那个早已流逝的年龄里，涉猎人生情爱的种种经历。

33岁的那个生日的前一天，我收到了一个寄自北京的邮包，邮包里有一个小小的木盒，木盒里是一个黑色的印盒，印盒里有一方棕黄色的普通大理石图章，刻着我的名字。覆在图章的顶端，立着一只精巧又稚拙的小老虎。印盒的盖内，覆着一张狭长的纸条，上面用钢笔写着四个字：生日快乐。

那一天我很快乐。其实我已有很多的图章，唯独这一个，它朴实无华却又别具特色，恰是我所期待因而也是最珍贵的。那时我们已决定结婚，不久后这位朋友便成了我的丈夫。

以后年年的生日总有鲜花。丈夫天生热爱小动物也爱植物，于是阳台上就种满了各种各样的花草。鲜花和爱伴随，似水流年，滋润和照亮日渐成熟的生命。生活中有鲜花和理解足矣。慢慢就悟出，猫为虎师，写作时留着虎性，做女人，还是“猫”一样的温柔为好。

那一年眼看快过生日，恰在哈尔滨开会。往家打了电话，丈夫说他立即要去外地讲学，怕是等不到我回来过生日了。一想今年的鲜花无着，便十分扫兴。仍是赶着生日那天回到家里，果然空无一人。正沮丧懊恼，忽然眼前一亮：我的书桌上，一支雪白的马蹄莲插在花瓶中，鲜艳欲滴翘首以待——他没忘了我的生日礼物。欣喜旋即却又纳闷，不知为何往常的一束花变成了一支？到中午为自己弄吃的，打开冰箱门——嗬，整整一大束菖兰，躲在冷藏室里，鲜红的淡粉的橘黄的花瓣，晃得我睁不开眼。花束送来阵阵幽幽的清香，在暑热中散发出爽人的凉意。透明的花袋中夹着一张小纸条，写着：祝你生日快乐。先生居然能想到冰箱保鲜，还特意在桌上单插一枝作为引子，可见煞费了一番苦心。惊讶之余，终是又一次被深深打动。我的节日不再孤独。它属于我们两个人。

七月是火热的季节。七月很忙碌也很疲倦。

也许是命运的褒奖，生日总有故事。

35岁生日前后，远在德国访问。就在生日那一天，访问的日程安排是参观首都波恩的贝多芬故居。那幢白色的小楼坐落在市区的一条大街上，古老的建筑宁静而简朴，门前与窗台上开满鲜红的绣球花。我踮着脚尖轻轻走向大师生前谱写过不朽之作的古旧的钢琴前，脚步踩响了他遗留在每一寸空间里的音符。我在二楼的窗前留影，窗口低低回荡着大师庄严而深沉的乐曲。我听见命运诡秘的敲门声、听见田园温柔的低吟、听见英雄凯旋的号角、听见全世界欢乐的合奏……我听见他说：

“尽力为善，爱自由甚于一切，即使为了王座，也永勿欺妄真理。”

“凡是行为善良与高尚的人，定能因之而担当患难。”

“噢，人啊，你当自助！”

在地球的另一端，在令人景仰的音乐大师故居度过自己的35岁生日——我不能不与人生重新缔约。贝多芬以他的一生的正直与顽强，告诉后人如何生如何死，漫漫人生，我知道自己与命运的搏击永无休止。

就这样曲曲折折又坦坦荡荡地走到了41岁。

终于是“四十而不惑”了。却疑惑岁月怎么倏忽就过去了40年？惑也不惑，不惑就奔天命的年龄而去，便越发的让人疑惑。

40岁生日的前一年夏季，丈夫出了远门。临走时说，在我生日的那天，无论他在哪里，都将为我祝福。因着他的一这番心意，黯淡中也有了一线亮色。想起有一年，杭州的一位朋友曾寄给我一张生日的贺卡，她在上面亲手画了一只大大的蛋糕，还插着许多蜡烛。后来我们在蛋糕上划了几条斜线将它“切开”，就算是“画饼充饥”，然后开心地瓜分“吃”了。可见真情有时务一点虚，倒也满空灵怪浪漫的。

准备自己一个人清清静静地过一个40岁生日。

临近生日的时候，偏就有朋友打电话来，说为我特意订了生日蛋糕，还在上面专门写了祝贺的词句。又有杭州的朋友来北京出差，带来了妈妈委托他送给我生日的鲜花。她们都表达了同样意思的话：既然你丈夫不在家，我们就得替他担负这个义务。

我独自面对着这些礼物，猛然间泪眼蒙眬。我忽而明白，40年的人生，支撑着我的柔弱生命之力的，是亲人、友人真挚的爱。这爱的力量，足以够我走遍天涯海角，直至走到生命的尽头。

有了鲜花和蛋糕，一个人独享未免可惜。便突发奇想地行动起来——向我的五位单身女友发出生日聚会的邀请。既然是一个丈夫缺席的聚会，我便声明一律不许带男友和礼物。那天我们交谈了许多女人的事，那一天我们都自由自在无拘无束。

40岁生日是我迄今为止经历过的最有趣味、最丰富多彩、甚至发生了某种奇迹和不可思议之事的节日。生日的前一天，我收到了寄自杭州家中的一盒磁带和儿子的贺卡。生日那天早晨我起床后的第一件事，便是打开音响来播放这盘磁带。从音箱中传来的第一声祝福，是我的表弟和弟妹，他们一前一后最后又一齐说：祝好姐姐生日快乐！那般郑重其事如同真正的电台播音员。然后是音乐，音乐以后就传出了我父亲的声音，他讲了许多话，严厉的父亲在这一刻变得慈爱而动情。然后又是音乐，音乐以后便是母亲讲话。后来就有我妹妹和妹夫，再以后又是音乐，音乐中有一种奇怪的和声，当我明白这是我妹妹刚出生四个月的儿子的哭声时，禁不住捧腹大笑。那个时刻我们全家人的声音充满了我的房间，我似乎回到了童年时代，生活在纯真和友爱之中。虽然相隔千里，家人却与我同在。我呆呆地守着音响，听了一遍又一遍。这是我表弟阿屏精心策划并录制的一盒音乐作品。我内心的感激之情伴随着乐曲在房间每个角落久久萦绕……

那天中午我接到了妈妈从杭州打来的长途电话。抓起电话我已是泣不成声。很久以来我没有掉过眼泪了，而这时我真想大哭一场。40岁的我已遍尝生活的酸甜苦辣，我走得太累，可我注定还得咬着牙走下去。

妈妈在电话里等了我很久，等待我的平静。她似乎是犹豫了一会，后来她终于告诉我，90多岁高龄的奶奶，就在刚才，很安详地去世了。自然，奶奶无疾而终，应为喜丧。

这个噩耗使我难过，更令我惊讶。后来很多天我一直想着这件事，我不知道奶奶为什么要选择我生日这一天走。这也许只是一个巧合？也许蕴含着命运给你的某种难解的谜底。但在生命走向死亡的过程中，生比死更为艰难因而也较之于死更为永恒。在余下的生命中，你将如何活得更有价值更加坚韧？我问自己，我茫然却也清醒。

然而，与祖母辞世的消息一同降临、比此事更为神秘或者不可思议的是：阳台上的君子兰，就在那天盛开了一丛金红色的花束。

那年冬天君子兰早已开过。往年也从未有在盛夏开花的先例。却就在我生日的前半个月左右，从叶片的侧翼，奇迹一般地拙出了一枝花薹，然后是花苞。等待它开花的日子，梦见丈夫归来。他曾是那样悉心地照料过它们，苍翠的叶片上依然萦绕着他的气息。于是偏偏等到我生日前夕，君子兰倏忽展开了娇艳的橘红色花瓣，团团朵朵聚成一簇凌空旋转的花环，高高擎起托举给我。无论怎样的理由，都不能使我相信这仅仅是一种“偶然”。我给自己唯一的解释是：这一定是我丈夫从“异地”特为我送来的生日鲜花，这是他给我的40岁生日礼物。

那一天，我好像又重新活了一次。我长成了“我”，而生命却刚刚开始。我不属于我自己，我的节日属于所有爱我、寄希望于我的人。

可我竟然一直没有机会为妈妈过一次生日。妈妈的生日也在夏天，炎热的夏季我总是躲避回杭州，就这样每年都错过了妈妈的生日。妈妈从来不会忘记我的生日，但妈妈从不记得自己的生日。妈妈把生命赋予了她最爱的人，我每年生日重温一次妈妈对我的爱，好像又重新“出生”了一次。我也许只能像妈妈那样，将爱转付给我的孩子。每年每年，我都尽我所能为儿子过生日，他的年龄与我一起增长。生命在消逝也在新生。我们的脚步因循着一个又一个的圆，擦过圆周的边缘，向着不可知的远方延伸，这是否即是人类永远的希望？

丈夫与我分别了一年半以后，终于在一个冬日回到家中。他所做的第一件事，是拿出了他在我40岁生日那天为我准备的一件礼物。那礼物很小，却是他亲手制作。他实现了自己的诺言。如今它就放在我的书桌上，成为我们之间的秘密和我心里永久的珍藏。

再过三天即是我的41岁生日。今年的生日我只想和他静静地在草地上坐会儿，默默祝愿天下的人们都有一个自己所期盼的节日。不要问人生的终点在哪里，一年一度，每一个生日都是生命不可复制的刻度。

窗前的树

我的窗前有一棵树。

那是一棵高大的洋槐。树冠差不多可达六层的楼顶。粗壮的树干与三层的阳台相齐，碧绿而茂密的树叶部分，恰好正对着我四楼的窗户。

坐在我的书桌前，一树浓荫收入眼底。从春到秋，由晨至夜，任是着意的或是不经意抬头，终是满眼的赏心悦目。

那树想必已生长了多年。我们还没搬来的时候，它就站立在这里了。或许，我还没出生的时候，它就已成为一棵树了。因着槐树的缘故，我们曾真心希望能拥有这个单元的一扇窗。后来果真如愿，我们从此天天享受着洋槐的清凉与恬静，因此很是满足。

洋槐在春天，似乎比其他的树都沉稳些。杨与柳都已翠叶青青，它才爆发出米粒般大的嫩芽；只星星点点的一层隐绿，悄悄然绝不喧哗。又过些日子，忽然就挂满了一串串小葡萄状的花苞，又如一只只浅绿色的蜻蜓缀满树枝——当它张开翅膀跃跃欲飞时，薄薄的羽翼在春日温和的云朵下染织成一片耀眼的银色。那个清晨你会被一阵来自梦中的花香唤醒，那香味甘甜淡雅、撩人心脾却又若有若无。你寻着这馥郁走上阳台，你的身子为之一震，你的眼前为之一亮，顿时整个世界都因此灿烂而壮丽：满满的一树雪白，袅袅低垂，如瀑布倾泻四溅。银珠般的花瓣在清风中微微荡曳，花气熏人，人也陶醉。

设法用竹竿钩了一串鲜嫩的槐花，一小朵一小朵地放进嘴里，如一个圣洁的吻，甜津津凉丝丝的，轻轻地咽下，心也香了。

洋槐开花的日子，是我们的槐花节。

槐花开过，才知春是真的来了。铺在桌上的稿纸，句句文思灵动，文字也有了些许的轻松。

夏的洋槐，巍巍然郁郁葱葱，一派生机勃发。骄阳下如华盖蔽日，送来阵阵清风。夏的热气被茂密的绿叶吸纳了，夏的淫威都由它默默承受。夏日常有雨，暴雨如注时，喜欢久久站在窗前看我的槐树——它任凭狂风将树冠刮得东歪西倒，翻滚旋转颤栗呻吟，满树的绿叶摇晃，犹如一头发怒的雄狮。曾有好几次我以为它会被风暴折断，然而在闪电与雷鸣照亮黑暗的瞬间，我窥见它的树干始终岿然而立。大雨过后，它轻轻抖落树身的水珠娉婷如初，一片片细碎光滑的叶子，被雨水洗得发亮，犹如挂满一树透明的翠玉。

那个时刻我为它滋生出一种幽幽的感动，心也似乎被洗得干净澄明。雨后清新的湿气萦绕书桌徘徊不去，我想这书桌会不会是用洋槐树木做成的呢？否则为何它负载着沉重的思维，却依然结实有力。

洋槐伴我一春一夏的绿色，到秋，艳阳在树顶涂出一抹金黄，不几日，窗前已是装点得金碧辉煌。秋风乍起，金色的槐树叶如雨纷纷飘落，我的思路便常常被树叶的沙沙声打断，我明白那是一种告别的方式。它们从不缠缠绵绵凄凄切切，它们只是痛痛快快利利索索地向我挥挥手连头也不回。它们离开了槐树就好比清除了衰老抛去了陈念，是一个必然一种整合一次更新。它们一日日稀疏凋零，安然沉入泥土，把自己还原给自己。它们需要休养生息，一如我需要忘却所有的陈词滥调而寻找新的开始。所以凝望一棵斑驳而疲倦的树，我并不怎样地觉得感伤和悲凉——我知道它们明年还会再来。

冬天的洋槐又是另一种姿态，它赤裸的身体一无遮挡，在苍茫的天空底下，自有赤手空拳的豪迈，以及疏朗而磊落的美感。树叶落尽以后，高高的树杈间露出一只褐色的鸟窝，肥硕的喜鹊啄着树枝喳喳欢叫，几只麻雀飞来飞去到阳台上寻食，偶尔还有乌鸦的黑影匆匆掠过，时喜时悲地营造出一派生命的气氛。这些鸟都是洋槐树的好伙伴儿，春夏季的槐树像一只羽翅浓密的大鸟，把小鸟儿藏在里面。只有到了冬季，才肯把它们放出来。所以洋槐树从不寂寞更不孤独。寒流来袭，摇撼它黑色的枝条，它总是潇洒地乐于配合，树枝随着狂风的节奏上下左右起落，像一位乐队指挥庄严挥动的手臂，耐心地完成与风的合奏。若是下雪，雪后的槐树枝一身珠光宝气，横看是银袖玉臂，竖看是白缎锦袍。一阵风过，雪沫细雾如碎银纷纷，如同春的槐花，槐花如雪抑或者雪如槐花……

四季的洋槐好似一幅幅变幻的图画，镶入我窗口这巨大的画框。冬去春来，老槐衰老而复荣、败而复兴，来年春天重新回来的老槐，还是老样子，分不清是去年还是今年的树。可是，我知道它已经不再是原来的那棵槐树了——它的每一片树叶、每一滴浆汁，都由新的细胞、新的物质构成。它是一棵新的老树。

年复一年，我已同我的洋槐度过了六个春秋。在我的一生中，我与槐树无言相对的时间将超过与其他所有人。这段漫长又真实的日子，槐树与我无声的对话便成为一个永远的秘密。

仰不愧于天

用最后一点力气登上十八盘最后一个台阶，你以为登上了泰山之巅，而实际上你仅刚刚叩开了天门。天门外有长长的天街，山廓在雾中骤然一片迷茫，混沌不见天日。

缥缈的白色纱幕由深邃的天际漫入无尽的地界，时而悠悠时而切切地拥着你，擦肩不知、拂面不觉，几步之外人影绰绰，含蓄如皮影戏。周围的窃窃笑语被蒙蒙的视线阻隔，声音似从天外传来。

步履越发地滞重，却能感觉到自己是在继续地上升着，朝那若隐若现、不胜幽寒的山的最高处，一步一步地挪移。浓云如织，密雾如锁，我看不清同伴的面容摸不着自己的脚印，只觉得我吸进去的是云，吐出来的也是云；我走出了雾又融进了雾；我驱动着风又被风所驱动；我划破了那白色又弥合了那白色；我飘飘欲仙却又走投无路；有一刻我几乎觉得自己被丢失在一个谁也不知道的地方，我仅仅是被那无声无形的气流所托举所指引，引我向秘不可宣的九重天外攀寻。

它一点也没有违背我的想象。我梦中的泰山是神游于云海雾浪中的一只大鸟，与天空融为一体。这座大山折磨了我这么多年，全然不是因为它“五岳独尊”、蜚声海内外的名声。也许仅仅只为我每一次回江南探亲的途中，它总是突兀地从铁路那一边远远地钻出来，裸露半壁峭岩，神神秘秘地云笼雾罩，在铁道旁疾驶而过……

山路蓦然而止，如一双牵拉着你的手轻轻放下。缠绵的云雾悄然散去，头顶似有荧屏般的天光闪烁。荡逸的风烟中，一座土红色的庙宇，傲然立于泰山极顶天柱峰之巅。

极顶石就是在那个时刻显现的。

它静静地蹲在玉皇庙正殿前，一圈八角形的花岗石围栏之中，由数十块圆石组成。高不过尺，宽不过丈，大石如磐，小石如磨，错落有致，紧密相依，石缝间还嵌着几根青草。石前有碑，顶部刻着五岳之首的泰山山符，下书：“泰山极顶——1545 米”几个红字。围栏与山石本身都呈一种粗沙的糙米色，表面坑坑洼洼，有疏疏朗朗的浅淡麻点，并不显得怎样的深远与亘古。伸手去摸，粗粝的石头竟有几分温凉，每个棱角都已被磨得光滑。便想起几千年间抚平了这石上每一道皱褶的一双双手，洗净了这石上每一粒沙尘的天风天雨。那瞬间我确信了泰山史前的悠悠岁月。

庙宇即古“太清宫”，今称玉帝观或玉皇庙，由山门、正殿、观日亭、望河亭、东西禅房组成。正殿三间，前后步廊式，内祀明代所铸玉皇大帝铜像，神龛上有匾额，书“柴望遗风”四字，可见古代帝王曾登此燔柴祭天，望祀山川诸神。庙宇的轮廓线与玉皇顶山头的轮廓线自然贴合，可谓岱顶形象的完成与延伸。极顶石西北有《古登封台碑》，乃是历代帝王封山时设坛祭天的遗迹。据史料记载，极顶石原埋于玉帝观建筑之下，至明代隆庆六年，有个叫万荣的人拆观而重建于巅北，出巅石以表之。这一挪便将山极从玉帝的封盖下解脱出来，终于见了天日——巍巍泰山之巅，竟终于连玉帝也要礼让三分。

半生中曾去过许多名山，每每攀到山顶，望众山延绵起伏，层峦叠翠，似乎那山总是高于此山，便疑惑自己是否真的已征服了山巅极顶。没有哪一座山给予过我极顶的肯定。而这方寸之地的小小极顶石，却如同泰山之缩影，让人从容收入视线之内，举目能及，弹指可触，像是慷慨地将全部的泰山精华一并奉献与你。于是泰山之雄壮中顿时有了奇巧，伟岸中孕育出诙谐；泰山不再令人因敬畏而顶礼膜拜，却在世人的崇仰中平添了几分亲切之情。

负载着几千年历史与文化的泰山，因极顶之石回归自然。

云雾又起，如一曲若有若无的仙乐，弥漫于峰峦之上。麻黄色的极顶石忽而清晰、忽而模糊，似浸润于大海中的一座孤岛。既离尘世已远，四处肃穆无声。登顶的游人凝望极顶石久久不去，或惊愕、或沉吟、或漠视、或茫然，眼里终是一派空寂。

听说此地曾立有一副对联，写有14字：地到无边天作界，山登极顶我为峰。

我一步步走上岱顶，因之拥有了我的极顶石。

然而，人虽因山的托举而高大，因山的导引而征服了山，超越了山；但人的高度终于只是山的高度，人的脚步只能因山的终止而终止；当人成为山峰之时，前方可还有攀登之路？

极顶石默然。对于世人的惶惑从不置一词，哪怕是一声暗示一句点拨。它只在身旁的碑上准确无误地注明了自己的高度，连一个多余的说明都没有。比之昆仑、比之珠穆朗玛，它也许根本算不了什么高山大川。一座山只有一个极顶，如同万物运动中享有的盛期。那个数字是一个句号，画定了句号就该重新开始。它仅仅只是一座泰山，它不是宇宙，不是太空，它不是无限的。如果它想要获得一个新的高度，它务必在造山运动中将自己再沉沦一次。

据史料记载，泰山大约形成于3000万年前的中生代中期。它的地层由世界最古老的岩石构成。25亿年前太古代剧烈的地壳活动，使鲁西地区沉降带原先堆积的岩层褶皱隆起成为古陆，形成规模巨大的山系，古泰山随之由海底冉冉升起，露出水面。后又经过近20亿年的长期风化，地势渐趋平缓，到距今六亿年前的早古生代，华北地区平稳下降，古泰山重又沉于海中。它在黑暗的海里默默等待了一亿多年，至早古生代末期，古老变质岩的剥蚀面逐渐沉积，整个地区再次抬升为陆地，古泰山便隆起为一个低矮的荒丘。距今二三亿年的晚古生代中晚期，华北地区发生了海浸，古泰山成了海中孤岛，后又继续上升，至中生代晚期，泰山在燕山运动的波及下，地壳断裂形成泰山穹隆，而后山体快速抬升，沉积岩纷纷剥蚀，杂岩重见天日，构成泰山雏形。至新生代初期，被喜马拉雅山运动扶携，开始大幅度上升，又经历了一个3000万年，泰山方生成一副花岗岩骨架，嵯峨峥嵘、峻拔高旷、顶天立地、磅礴于天下。

泰山曾三次沉降，曾遭三次“灭顶之灾”，曾三次被否定，却终于昂首挺胸地站起来，成为巍然而拄天的泰山。泰山是注定要成为泰山的。25亿年，炼就的是泰山坚硬的脊骨。

那一刻我忽然发现，极顶石表面朦胧可见的斑斑石纹与凹凸不平的皱褶，酷似一尊巨人的大脑。甚至可见灰黄色的皮质下滚动的智慧与生命。那颗坚实的头颅顶开岩层，钻出地表，跃上大海，栉风沐雨，生生不息。极顶石不需要帽子的庇护，无遮无掩地裸露着，坦坦荡荡地伫立着，在苍穹下陷入永久的沉思。我甚至觉得，它始终昂扬着头。史前、史后，今日、未来，与长空共日月。

只要泰山活着，泰山一定是有头脑的。

蓦地，十八盘的峭壁上曾赫然入目的摩崖石刻，重又跃入我脑中，那是孟子的名言：仰不愧于天，俯不怍于地——泰山极顶石果然无愧于天。它在将泰山峰顶的雄奇馈赠予你的同时，也给予了你对于高度的认知。它创造了自己也创造了超越它的人。

所以，距极顶石几步之遥的玉帝观外石阶下，立有一座高6米、宽1.2米，形制方而非方，四面狭窄不等，古朴浑厚的莹白色无字碑，碑面未凿一字。无字碑因立石而不刻其文，在历史上众说纷纭。曾被先人断为秦碑，清考为汉碑，至今又有学者疑为唐碑。无论其究竟立于何朝，终为泰山千古圣迹。何况无字碑立于岳顶登封台下，恰与极顶石互诉心声、相得益彰。在泰山的莽荡天风中，恍惚不辨的无字碑亦如仰天而无言的极顶石，留给世人一个难解的空白，一种关于重新开始的想象。

风过无痕

七月，内蒙古锡林郭勒大草原东乌珠穆沁旗。

那是一片绿色的海洋，凉风席卷一层层起伏的草浪，从海的深处一直涌到脚面；无垠的潮汐中弥漫着牧草和野花的气息，溅湿了衣衫和眼睛。

缓缓的草坡往天的尽头延绵开去，绿草细短而密集；坡下有湖，三条银亮的小河蜿蜒注入湖内，常有大雁和天鹅飞来。若顺着坡下的小河往山里走，有一条韭菜沟，满坡满沟浓郁的野韭菜香。

“这里就是我们的夏季草场。”他说着，用鞋尖跺了一下脚底下。“那时候，知青的蒙古包就搭在这片草地上。”

30年过去了，重回草原一直是他悉心珍藏的梦。

他在离开草原后漫长的日子里，曾无数次地为我描述过上述情景。草原早已被我在想象中熟读，成为一幅幅虽远犹近的油画。

然而，视线之内的草坡上并没有蒙古包，更没有门前飘扬的红旗和语录牌；远处那如同白蘑菇一般星星散落的蒙古包，不再是知青住的地方。

草原就这样突然变得陌生，那曾经被知青们以为是知青的草原。

那条韭菜沟还会在吗？年复一年，无人采摘的野韭菜已枯荣多少回？

“你看，那是我们的冬季草场。”他指着远处蓝色的山影，仍是难以抑制的兴奋。山那么远，陷落在灰绿色的雾霭中。

然而，山下背风处的冬季草场，如今却已被分割成若干片方圆几公里的小草场，承包给牧民经营。各家各户的草场四周，用铁丝网围起了规整的“草库仑”，作为彼此的地界。千年游牧的蒙古民族已在自家草场的中心，建起了定居的砖瓦房，房子里的彩色电视播放着美国电视剧，陌生的孩子们嬉戏着，风力发电机正在房后转得呼呼作响。

同行的友人笑着对一位青年牧民说：“还认得我吗？那时你一年级，刚桌子那么高，我教过你，算是你的老师呢。”牧民茫然地摇头，又恍然大悟地点头。

没有知青了！当白灾黑灾都过去，草原就恢复成它原来的样子。

驱车欲往团部走，人说如今那不叫团部，是“苏木”，蒙语“乡”的意思。“苏木”的一条街，挤满商店旅社饭馆，一座银色的微波发射塔冲天而立，电话直通世界任何一个地方。当年的团部门前挂着乡政府的牌子，院里的房屋已被翻建重盖……

“那就去六连吧。”他说。沮丧中仍抱定最后一线希望——那是生活过多年的连部。

草渐渐地高了，通往六连的土路，被湮没在汹涌的草浪中，唯有干涸枯瘦的车辙依稀可辨。这条当年被知青深深浅浅的脚印和牛车趟出来的土路，如今已很少有人走了，除了放牧的马倌儿羊倌儿，也许根本没有人会到那个叫作六连的地方去了。但这是知青的六连，从北京回来的六连知青，怎么能不到六连去呢?

黄褐色的土路在荒野上断断续续地延伸，在绿草中时隐时现。地平线始终遥远，蓝天下迟迟没有出现六连的踪影——它们在我熟知的画面上，是一大片赭红色的砖房和黄泥土圈，被白云衬托着，从浓绿色的草地上浮升上来。

车子在草原上转了一个圈又一个圈，会不会迷路了呢？像当年刚来这里时那样。但太阳高悬，方向并没有错。何况，曾经闭着眼睛也能走到的地方。

然而还是没有，六连踪迹全无。莫非六连真是沉到地底下去了吗？即便没有了六连的名称和人，也该有六连留下的房屋和圈舍什么的，那毕竟是几十个北京知青生活过许多年的地方啊?!

六连终于以遗址的形状，从一片杂乱的草丛中被偶然发现，已是夕阳西下时分。它们像是被蚀空的朽屋，在某一个风暴的夜晚整体坍倒。大雨浇塌了土墙，草根揉碎了土块，大风吹散了土末，断裂的梁柱和破碎的砖瓦已被人捡拾殆尽，在后来没有知青的岁月中，运往别处派上了用场，只留下一截截仅至脚背的黄土屋基。残垣断壁之间，尚能寻见当年方块儿形状的知青宿舍隐约的痕迹……

还有水井呢？锅台呢？马棚和牛粪堆呢？

唯有遥远的歌声，在荒芜中低低回荡。

再不用去寻访大漠中的古城遗址。离开草原仅仅20年，创造过那段历史的人，就面对自己的历史遗迹——像是在活着的时候，着手整理自己青春的遗骨残骸。

知青的六连和六连的知青，相对无言。

六连就这样被留在身后，走出几步远去，那模糊的土堆便消失在草丛中，再也看不见了。回望六连，六连就像从来没有存在过的一样。

从车窗前掠过一座小山，山顶上隆起尖尖的石堆，彩色的布幡在风中翻卷。他说那是敖包，敖包是牧民心中的圣地。知青时代，敖包曾被夷平，但牧民们依然歌唱敖包，在歌声中与敖包相会。

归途中经过一家蒙古包进去歇脚，案台上供奉着一尊佛像，一个佩戴佛珠的老人靠墙坐在地毡上，正在专心诵经。有人告诉我们，那是一位喇嘛。

知青走了，老牧民大多故去。留在这里守望草原的，是永远的喇嘛和敖包。

风过无痕，但有痕的伤痛却留在心里。

西拉木伦河漂流

西拉木伦河来自兴安岭南端的湟源河谷，为商代先民的摇篮，也是红山文化的发祥地之一。据说湟源的沙丘若垄似链，形成盆地，泉水自谷底沼泽中涌出，万泉竞喷，汇成水泊。上游石壁对峙，悬崖迭起，水流湍急，轰若雷鸣，有小三峡之称。契丹辽太宗耶律德光及乾隆皇帝，曾寻访木伦河源头并题诗称颂。几百年过去，西拉木伦依然奔流不倦、生生不息。

我见到的西拉木伦，已是中下游地段。水势略减，趋于平缓，浑黄的河水，坦然自若地穿过两岸苍郁的灌木。河道时宽时窄时隐时现，在岸边的高地远望，像一条林中秘道。

我独自一人浮在水面，悠悠然顺河而下。

前后左右都是水，急促而安稳地流淌。触手可及筏子外沿冰凉的河水，倾耳是流水汩汩的哗响；我闻到了河面上飘来弥漫着青草和湿土的甘甜气息，清洁着我的呼吸；隔着充满弹性的橡皮筏子底部，能感觉到水在暗处使劲。整条河像是一个巨大的漩涡，无休止地旋转着，就连天空也已消失在水里……

西拉木伦，你从哪里来，带我去哪里？

没有帆，也没有罗盘，我是一座移动的孤岛，或是一块南极崩裂的浮冰，在水上漫无目的地漂流。

那一天下午，阳光早早隐没，从草原上吹来的风已有凉意；河面上没有闪烁的光斑，水是朴素平淡的本色，甚至显得有些冷漠。橡皮筏子下水的那一刻，只觉得身上的热气忽地被河水吸走了大半；波浪起伏，筏子颠簸起来，身子晃了晃，人就晕了，睁眼闭眼都是流淌的水。阴郁的河面，如同一条狭长的陷阱，会把人吸进去。心倏然抽紧，生出几分恐惧。

先后下水的同伴，筏子都已迅速四散，各自荡漾开去，橙红色的救生衣犹如曲水流觞的酒杯，不由自主地朝下游行走。我无法驾驭自己的筏子向任何人靠拢。水下像是有一只看不见的手，控制并离间所有的漂流筏，使得它们彼此之间无从相濡以沫。

四周空无一人，孤独感渐渐袭来，在水面上形影相吊。

那是一个宽阔的河湾，弯曲的河道延伸至此，水中突起一摊金色的沙洲，像是一个问号下面被放大了的点儿。筏子一往无前，撞向沙滩的边缘，悄然搁浅，无人能来搭救。用木桨撑住河底，胡乱地用力，听见橡皮搓擦着沙滩的声音，像是要揩去水中的痕迹。反复挣扎全然徒劳，筏子像一块磁铁被牢牢吸在河床上。忽而，却又轻轻一颤，猛地弹了出去，迅即将沙洲甩在了后头。却不是桨的力量，而是水流突然改变方向，将我重新送入河道的主流。

水流逐渐加快，如轻舟过峡，一泻数里。眼见河面朝着前方倾斜下去，形成水的梯级坡度。水势忽猛，溅起团团浪花，水下似乎布满阴谋诡计，埋伏着无数道沟壑岔口，路径纠缠纠结，像是隐形的魔爪，拽着筏子一会儿往左、一会儿往右，全然没有方向可言。人在水上，对于水下却一无所知，那水看似温情脉脉，转瞬就凶相毕露。束手无策地看着自己的筏子往岸边直冲过去，一头插入密集的柳茆丛，让粗韧的柳条一根根从头顶掠过，任其拍击鞭打，却无从躲避动弹不得。几回心惊胆战，自以为山穷水尽，流水无情，只能任其戏弄摆布了。绝望之中，水下的魔怪突然大动恻隐之心，那筏子似有神助，只一个华丽转身，自行掉头突出重围，卷入另一股劲流，如同冰上速滑，瞬息间蹿出老远。等到回过神来，人已在河的中央——天高水阔，水平如镜，筏子稳稳地朝着下游航行，一时畅通无阻……如此三番四复，每一次都在险情绝境中侥幸脱逃。再一次误入歧途时，只须坦然用手轻轻撩开树枝，等着撞击河岸那一瞬的力量，将其顶开——旋转——踮脚——凌空——落地时，已在新的起点上。那一套连贯的动作，完成得如此圆熟爽利，像配合默契的双人华尔兹舞步，在河面上一圈一圈地纵情奔放。圆舞曲的乐声从空中传来，微风、鸟鸣、流水声声……

漂流着，无拘无束。若是遇到浪花翻滚的激流险滩，爽性松开水中的木桨，身子一动不动，任随筏子从容漂去——它一个顺势鱼跃，从水瀑上灵巧翻过，稳稳落在水梯的下一层平缓处，衣衫上竟连水花儿都不溅一朵……

目光疑惑地透入水下，似乎隐隐看见了有关命运的昭示，或是另一种解读。

很多时候，人生，生活，就像漂流本身——当水流具有足够的运力时，顺其自然是最好的选择。水下（或是命运）潜藏着我们无法透视的规律，要说随波逐流，其实也就是循着波浪和水流的动向，借力前行而已。

在西拉木伦的夕阳下，我手里的木桨已不知去向。很多年来，我曾一次次梦见自己用脚尖在水面上行走，就像大海中那条渴望成为人的鱼。

那是一段平缓的河道，几乎感觉不到水的流动。我坦然地悠漾在河面上，把身子放平，躺下来，头发几乎垂在水面。雾气洇湿了我的眼睛，水声充盈着我的耳廓，水滴从我的脸颊上滚落：枕河——那一刻我的脑中跳出这两个字。我就这样枕着西拉木伦河，摇曳、晃动、眩晕……我的身体蜷缩起来，躲藏在一个透明的水箱里，像是回到了母亲体内，四周的汁液丰盈而温暖。于是，半个世纪前，曾在母腹里的种种感受，都被一一记起并重新经历。那时初有人形，在黑暗中分分秒秒地膨胀，寻找生命的出口。就像在河心漂流，只等着那股暖流把你送去人世间……

潺潺水声对我耳语：漂流是流，漂泊是泊；不是漂泊、不是漂浮、不是漂荡，而是漂流——流水的流、流动的流、流淌的流、流传的流……

我抬起头，头发在滴水，不知是雨是泪。青青的河岸上，有一匹剽悍的白马在低头饮水，忽而扬起脖颈，嘶声辽远；岸边的灌木丛，苍老的根部一大半浸在水里，依然牢牢地抓着河岸略带赭色的泥土；一大丛紫色的雏菊开得明艳，细小的种子落在水里，也将会去漂流。远处的山峰逶迤，山顶上悬着一团浓云，莲花般地展开几片花瓣，山尖上一棵枝叶清晰的小树，深色的树影，恰好镶嵌在云朵里，似莲花的花蕊，吉祥而超脱……

我藏匿于水中，融化在西拉木伦河的怀里。

真想这样无休无止无忧无虑无牵无挂地漂流下去，直到天荒地老。在漂流的途中，每一滴水都是起点；在漂流的路上，每一寸堤岸都可到达终点。

就这样顺流而下，不问去路，不问归途。水下有一只看不见的手，一路托举着我的躯体，然后，在汩汩的流水中，将我的心情和心灵一并清洗。

鸣沙山听沙

鸣沙山，我又来了，来看你。

在敦煌城里，若是遇上合适的角度，偶尔一抬头，就望见了你。你的身子一半在阳光下，另一半在阴影里，你微微翘首，严峻地仰望着天空，沙脊的轮廓如刀刻一般刚硬，又如漫坡流水一般柔软。你的脚下是无垠的黄沙、起伏的沙丘，伸展延绵翻腾。你耸立着，比周围的沙丘要高出许多，由于你站在沙丘之上，所以你不再是沙丘，而被称之为沙山，不是聚沙成塔而是聚沙成山。那些细米粒状的黄沙，究竟是何时或如何变成硬的山呢？我只看见，那么多年过去，你站在城郊那个固定的位置一动不动，仍如我当年见到的样子——稳稳当当、笃笃定定，不增不减，不高不低。

时光已过去多久了？上一次来敦煌，还是20世纪90年代初。光阴如同一条内陆河，扎入沙漠腹地消失无踪。25年倏忽而过，人已两鬓微白。而鸣沙山，你的沙依然、你的山依旧。

《后汉书·郡国志》引南朝《耆旧记》云：敦煌“山有鸣沙之异，水有悬泉之神”。西汉时有鸣沙山好似演奏钟鼓管弦音乐的记载。《旧唐书·地理志》载鸣沙山“天气晴朗时，沙鸣闻干城内”。敦煌遗书载鸣沙山“盛夏自鸣，人马践之，声振数十里，风俗端午，城中子女皆跻高峰，一齐甕下，其沙吼声如雷”。清代《敦煌县志》早已将“沙岭晴鸣”列为敦煌八景之一。

鸣沙山，莫非你是一座音乐之城？鸣沙当歌，鸣沙似泣。

鸣沙山，我不是来看你，而是来听你。

那么多年里，我的耳边总是流淌着沙子的鸣响——它们不是河流的汩汩声，也不是海浪的哗哗声，更不是瀑布的轰隆声。它或如沙漏一般细密悄然，或许像一股巨大的泥石流兀然生成，从高处倾泻而下摧枯拉朽，沙声低沉而凄厉，缓慢而尖锐，在瞬间覆盖了摧毁了一切。那个声音多年始终在我耳边挥之不去，曾经，我试图记录它复述它，但我始终无法描述流沙的声音。

25年前，千里河西陇上之行的最后一站——敦煌。

去敦煌是为了莫高窟，那座佛教艺术的殿堂。瞻仰千年的洞穴遗存的壁画雕像，是一次朝圣之旅。但心里另有所念，心心念念的，是茫茫大漠中那座神奇的鸣沙山。

《旧唐书·地理志》记载：“天气晴朗时，沙鸣闻干城内”，说的是在清朗干爽的刮风天，敦煌城内都能听见沙子呜呜地鸣响。匍匐于沙山脚下的月牙泉，是一个忠实的听众，她踡起身子，以膜拜的姿态，倾听着来自沙漠的圣乐。

那年夏天的傍晚，我站在鸣沙山脚下。血红的夕阳隐去山后，天空纯金一般烁亮，眼前一片混沌的金黄。鸣沙山被天边的余光勾勒出完美的线条，如同一座巨大的金字塔，在暮色中静静蹲伏。天低了地窄了原野消失大海沉没，唯有这凝固的沙山，如同宇宙洪荒时代的一座巨型雕塑群，矗立于塔什拉玛干沙漠的起点或是尽头，

遐想沙漠的起源，亘古荒原，万古寂寥，是太阳的巨磨盘、弯月的尖利齿，把大山啃噬磨砺了一遍又一遍，强劲的朔风经年累月把地壳的表层揉成沙砾，沙子铺满了整个戈壁滩。然而，粉身碎骨的岩石在梦里都希望变回大山，多少个世纪，沙子在风中低声祈祷，或在风中激昂地呼号。沙漠缺水但不缺风，狂风暴风寒风，一年四季都在大漠巡回。一无所有的沙子们只能求助于尘暴，央请大漠上那些一场接一场强劲的干热风，把自己重新筑成一座山。鸣沙山，你是一座山，却也不是。你本是连绵的沙丘，和大漠连在一起。但你从沙漠中站起来了，你是站立的沙漠。

鸣沙山在那一刻变得不那么真实——一座沙子聚成的山，线条如此流畅，造型如此有棱有角、轮廓分明。当鸣沙山成为鸣沙山之时，它已是一群雄健而威武的西北汉子，壮硕的脸膛

上刻下了粗重的线条。延绵几十公里的山脊，如一道道锋利的刀刃，被巨人挎于腰间挥舞于长空之下。风终于塑沙成山，此后的漫长岁月，在它敦厚的胸腔里逐年孕育而成——莫高窟。

然而，此刻的沙山，四下静默悄然无声，鸣沙山固执地保持沉默。我并没有听见“好似演奏钟鼓管弦音乐”传来。更没有“城中子女皆跻高峰，一齐蹙下，其沙吼声如雷”。

我听不见沙鸣。

那一年，还是有兴致的年龄。干脆脱去了鞋袜，光脚走上沙丘。沙子虽然粗糙，却埋着白昼阳光的热度，有一种温热的暖意，从脚跟缓缓浮起。脚下坚固的沙山分明是柔软松散的，满怀善意和温存。沿着山脊上坡，步履艰难，进一步退半步，只好手脚并用往上爬，像一匹负重的骆驼。沙中的脚窝很深，而底板硬实，不必担心陷落。沙窝似有弹性，席梦思般地托着，起起伏伏，沉沉浮浮，跳着即兴而随意的舞蹈，在身后扔下一长串荡逸的沙纹涟漪……

也许再不会有比鸣沙山更坦率的山了——它没有外衣没有包装，没有树林没有青苔，一无遮拦地铺陈开去，裸露的身体从容地展示着它优美的体态和曲线。据说金黄色的鸣沙山全由细沙聚积而成，沙粒有红、黄、蓝、白、黑五色，若在放大镜下观看，一粒粒晶莹剔透。眼前浩瀚无垠的金沙山银沙湾，蜿蜒起伏形态各异竭尽想象：海湾、新月、烽火台、蟒蛇、船帆、波涛……在安静中露出几分羞怯，坦荡中含有几分矜持，从春到冬，敞开胸怀默默地呵护着来往西域的路人。

夕阳渐渐沉落，月亮从大漠尽头悄悄升起。沉浸在月色与天光中的沙山，如同南极海面上漂流的洁白冷冽的冰峰。回望身后，沙坡笔陡如削，四壁悬空。若是乘坐降落伞在山顶上逆风一跃，便徐徐降落到海绵般的沙谷中去。还有用木头和竹片做成的滑板，人坐在上面，双脚收拢，一用力便从沙坡上冲下来，如出弦之箭，只需一两分钟时间就滑到了山下。

同伴中却没有人愿意坐滑板，一个个纵身跃入沙海，双手代桨，挂在陡峭的沙坡上，连滚带爬地往下“出溜”。一时间，前前后后人影憧憧，像一座座移动的小沙丘。

据说，人若从山顶往下滑，脚下的沙子会呜呜作响；沙粒随人流动，发出管弦鼓乐般的隆隆声响。又说，狂风起时，沙山会发出巨大的响声；轻风吹拂时，又似管弦丝竹，鸣沙山因此得名。

就在下滑的那一刻，我似乎听见身下传来微弱的响声，窸窸窣窣，嗡嗡嘤嘤，难道这就是鸣沙么？还是我的衣角与干爽的沙子摩擦的声音？我的身体缓慢地往山下滑去，衣领和鞋子里灌满了沙子，如同沉重的沙漠之舟。我的胳膊和腿摩挲着沙子，如同干爽的沙之浴。那个声音仍在耳边，我俯身、侧耳，聆听，细辨，我听见的并非是管弦乐的节奏，更非“其沙吼声如雷”，而是一种如泣如诉的呻吟和诉说，还有愤怒的尖叫和呼喊……相传党河流域原是一块水草丰美的绿洲，汉代一位将军率领大军西征，夜间遭敌军的偷袭，正当两军厮杀之际，大风突起，漫天黄沙将两军人马全部埋入沙中。悲歌相送，英魂不灭，此后这里就有了鸣沙山。沙鸣来自他们的拼杀之声……

我一时不由思维停滞感官笨拙，身子顿时悬停在沙坡的中段，犹如吊挂在半空。大漠的晚风掠起阵阵浮沙，迷了我的眼睛。声音持续着，犹如一个巨大的气旋笼罩，围绕着我的头顶和耳畔，长长的拖腔，如同空谷足音，或是戈壁深处传来的大漠回声，威严悲切慷慨怨怒。就在那个瞬间，我似乎听见了鸣沙的碎步自远方步步走近，如清雪和细雨落在树叶上，滴滴答答，若有若无，像清代诗人苏履吉的诗句所描述："雷送余音声袅袅，风生细响语喁喁"……

袅袅？喁喁？正待细细辨识，沙舟突然自行启动，脚底失控一蹬，便迅速出溜到了沙山脚下。

那个声音消失了，就像一个乐章末尾骤然中止的休止符，连震荡的余音都没有。月夜已有了寒意，月色迷茫，大漠寂寂，静谧的山谷中，万籁无声。

此刻，没有鸣沙没有流沙没有狂沙，没有任何与沙子有关的声音。只有黑暗中同伴的欢声笑语，

刚才那个袅袅喁喁的声音，难道是我的幻觉么？

我惊异我惶惑，我，听不懂鸣沙山。

我沮丧地坐在沙地上，开始耐心地清理鞋子里的沙子。很

快，每个人脚下都倒出了一小堆沙子。是的，每一个游客无论滑到山脚还是步行到山下，都在无意中削下了一层沙子，裹下一层沙子。哦哦，前来膜拜鸣沙山的人，几乎每个人都要从鸣沙山上带走些许沙子。晴夜灼灼月光如昼，面前的鸣沙山，游人在梁上坡上留下的那一行行凌乱的脚印依稀可见。那些沙子被塞在鞋壳里衣缝里头发里，带到敦煌城，带回我们来的那个地方。鸣沙山每日流失黄沙无数，可是，沙山为什么没有一天天矮下去呢？敦煌遗书载鸣沙山“盛夏自鸣，人马践之，声振数十里”。这鸣沙山终日被络绎不绝的游人踩踏，为什么却始终巍然耸立完好如初？奇妙的是，当第二天太阳升起来的时候，昨晚留下的那些杂乱的脚印驼印，会消失得无影无踪。那个被践踏被蹂躏的鸣沙山，梳洗打扮后面目一新——犹似杳无人迹的沙峰、缎子般的金山，一道道沙脊如浪涛翻滚，轮廓清晰线条舒缓。沙海澎湃、沙峰磅礴，坡面上没有一丝波纹和皱褶。

据《沙州图经》记载：敦煌鸣沙山“流动无定，俄然深谷为陵，高岩为谷，峰危似削，孤烟如画，夕疑无地”。描述了敦煌鸣沙山因流沙造成的形状多变。鸣沙并非自鸣，而是风吹动沙子或人与沙面产生摩擦而产生的鸣响，为天地奇响自然妙音，是西域的颂歌是大漠之绝唱。

不不，沙子既会歌唱，也能怒吼。那不是琴弦不是妙音，而是“人马践之”的沙子发出的呼喊，是沙子的尖叫和抗议，既是念诵也是咒语。我虽然没有听见如雷的鸣沙，但不等于这世上没有沙鸣。

鸣沙山，这一刻，我似乎听懂了你。

但我仍然不明白，鸣沙山为何拥有如此强大的自我复原功能？有人说，那是因为风——是风之手，将沙子一一驱赶回它们原来的位置。每夜每夜，风都在沙山重复着同一游戏，乐此不疲。风相信散沙可以任意塑造，当风成为沙子的需要时，沙子就会自己跳跃走动并手舞足蹈。这强悍的粗暴的风，是世上最具破坏力的自然力量，也是一种强效黏合剂。

是的，是风。可是，为什么别处的风没有这般神力，为什么偏偏在敦煌？在鸣沙山？

告别敦煌那一日，在机场偶遇一位甘肃朋友，闲谈时我说起了关于鸣沙山的疑问。他解答说，他恰好对此有过一番研究：由于鸣沙山特殊的地理位置，日间蒸腾的气流在夜间下沉，便生成了小股冷风涡流，来自东南、西南、西北三个方面的风，沿着这一带沙丘的坡地顺势而下，在鸣沙山的谷地交汇。风与风的角逐形成了气旋，气旋像一把巨大的熨斗，来回来去地摩挲，一夜之间，便将鸣沙山“人马践之”的踪迹一一抚平，抹去了沙山的每一道伤痕。所以，鸣沙山每天都是新的……

我恍然大悟却又越发迷茫。风能够把以往的一切全都删除，风过之处，真的就像什么都没发生过一样么？鸣沙山你在说什么？我听不懂。

佛陀曾曰：一沙一世界，一叶一菩提。微尘之中，藏有多少我们无法读解的奥秘。

声声驼铃，消失在大漠深处。风已飘然而去，鸣沙山，却无言。

西湖阮公墩

那年我几岁呢？

不记得了。但我记得小船停在湖心一个小岛的小码头上，那天风很大，小船在波浪中晃动，晃得我眩晕，不知眼前是湖水还是空中的云。

小码头的石头台阶周围都是水。父母把我从水面上抱过去，放在地上。

“地”就是那个小岛。它孤零零地陷落在水中，好似漂浮在水面上的一片荷叶，随着波浪的起伏上下颠簸。小岛的前后左右都是湖水，灰蓝色的浪，一拱一拱地涌上来，拍击着岸，好像随时都会把小岛一口吞下去。

这是西湖里的一个小岛，这一点可以肯定。

但是岛上什么都没有，没有树没有花没有游客，岛就和自己在一起。

那真是一个很小很小的岛，一眼就可以望见岛的那一头。这是一个很圆很圆的小岛，边缘都是弧形的。那一年，我也很小很小，肯定还没有上小学，所以我对小岛，小岛对我，彼此都有些好感。

然后，我看见了岛中央的那座小塔，一座小小尖尖的石塔，矗立在水中。塔下有一条弯曲的小河，河水很满，就要漫溢到湖里去了似的。河上有一座L形的小石桥通往石塔。桥和塔都在风中摇晃。很多年后我读到了圣埃克苏佩里的童话《小王子》，我觉得那个小岛就是一个小小的星球。

忽然，我看见了一个穿米色风衣的男人，正从桥那边走过来，他手里拎着一只小小的褐色皮箱，就是那种老式的铜扣皮箱。他的脚步很快，走得有点慌张。湖上的风越来越大，掀起他风衣的一角，啪嗒啪嗒响。

他对我父母说：

你们来做什么？快点走吧！

我父母问他：

你就住在塔里么？

他答非所问地说：这个岛很软的，再不走就来不及了。

他脚步很急，拎着那只箱子朝湖边走去，好像急于逃离这个小岛。在小岛的另一边，停着一条小船。一线夕阳照在塔尖上，石塔变成了金色，罩着一层奇异古怪的金雾。他的皮箱搭扣在夕阳下一闪一闪，皮箱也成了金黄色。那条小船一摇一晃地朝着湖滨方向划去，一个金色的小亮点，消失在银色的湖上……那个傍晚，整个西湖都在摇晃……

我记不得我们是怎样离开那座小岛的。小岛对面的湖岸，就是中山公园码头，能望见岸上的人和自行车。但那个男人的船和我们不是同一方向。他说这个岛很软的，我相信，我拣了一根枯枝拍打地面，一下子就插在泥里了。后来我听见父母说到阮公墩三个字，我记住了这个名字，因为幼儿园的小朋友中没有人姓软的。

很多年，在我远离西湖的日子里，我很多次想起那个浸在水里的小岛，我一次次重温着风中的塔、小船、湖水、夕阳、皮箱……就像一部电影的某个片段。湖上的风把水吹皱了，一圈圈波纹荡开去，风很冷，小岛很荒凉，像断桥下的一片孤独的残荷……这个场景如此真切地留在我往日的记忆里，几十年清晰犹如昨日。我在心里确认了阮公墩就是我曾经看见过的那个样子，我从未怀疑过它的真实性。

很多年以后，我带着父母去春游，我提议坐船去阮公墩。那是杭州人觉得太平常普通的一个湖心小岛，由于它远不如三潭印月知名，甚至连湖心亭都比它有名，外地人从不去那儿。船工听说我们要去阮公墩，也觉得奇怪。小船停靠在那个小岛的小码头上，石阶很矮，我一下子就跳上了岸。但那一刻我愣住了：空荡荡的小岛上什么也没有。除了它的小，没有一丝像我看见过的那样。于是，我给他们描绘了当年岛上的情形：风中摇晃的河、金色的小塔，匆匆上船的男人……

父亲断然否定：你在说什么？阮公墩？我们从来就没有去

过阮公墩。

母亲疑惑地说：也许是去过的，但是阮公墩上没有塔，更没有房子。

我说：说不定是你们记错了呢？我明明看见那个人拎着一只皮箱，上了小船。风很大的，我们上岸后不久，那个阮公墩就沉下去了。

那是你的幻觉吧？母亲忧伤地看着我。你刚才说那天你晕船了。

你好像有编故事的才能。父亲显然对此发生了兴趣。既然阮公墩沉没了，那现在这个阮公墩，又从哪里来的呢？它可已经有百十年了呢！我觉得你小时候看到的应该是湖心亭！房子啊池塘啊，湖心亭岛是有可能的……

我想说，有些小孩子能看见的事情，大人是看不见的。大人看不见的事情，不等于就不存在呀！眼前这个绿树葱茏的阮公墩，岛上那些树啊草啊，为什么不能是后来从湖底重新长出来的呢？

我回去查了《西湖志》，有关阮公墩的记载如下：

阮公墩是位于西湖中一座绿色小岛。清朝嘉庆五年（1800），浙江巡抚阮元主持以浚所出的葑泥堆筑成了阮公墩。“阮墩”即阮公墩。为纪念他对浙江文化发展、保留古代文籍，及治理西湖的功绩，命名该岛为“阮公墩”。现漂浮于粼粼碧波之上，是西湖著名的三岛之一。由于泥土松软不宜建造别墅，荒芜了百余年。一九八二年重新修缮……

我无语。

阮公墩的土质松软不宜建房，在20世纪50年代，岛上显然不会有塔。那么，我有关阮公墩的记忆，究竟是眩晕中的幻觉、还是一个梦境呢？

无论怎样，那是我记忆中的阮公墩。它像一片圆圆的荷叶，漂浮在湖面上，我就坐在荷叶中心。四边都是水，无论往哪个方向看过去，都能看见小岛弧形的边缘。到了秋天，荷叶下面的泥里会生出藕来。

人物

遗失的日记

我在这里记述的，是一段真实的往事。

很多年里，我一直不知道怎样来叙述这个故事，我担心会把一个真实的好故事讲假了。这也是我始终未把它写成小说的原因。

这个遗失日记的故事，同一个名叫过大江的年轻人有关。

过大江，是一个很特别的名字。听起来有点像舞台上的剧中人，但这确实是他的真名。故事发生那一年——1968年，他才14岁，是杭州一所中学“新初一”的学生。

那年我18岁。由于“文化大革命”的耽搁，被称为“老初三”。

他和我虽在同一城市，却不是同一个学校的。我和他之间犹如隔着一条大江，在拥挤而繁华的茫茫人海中，各行其岸，原本无缘相识。

那一年年初，由于“文化大革命”中一场突然的变故，我丢失了心爱的日记本。

那两个日记本，其实是被人强行抢走的。日记中记录了我刚刚萌发的一场初恋隐秘的心迹。而我那个初恋的对象，另一所中学的“老高三”学生——那所学校的一派红卫兵头头，此时已被另一派打倒。那另一派的红卫兵涌入我家翻箱倒柜，发现了我的日记，认定其中必有可置其于死地的线索和材料，在我同他们发生了争吵而又势不敌众的情况下，他们拿了我的日记本便扬长而去。

我清楚地记得自己在日记中写过的那些话。那些人一定会利用这些所谓的“材料”大做文章，对“他”攻其一点不及其余，他们也许会在大批判会上把我的日记公布于众，对我其中的“小资产阶级情调”无限上纲，说不定还会把我也同他一起打成“反动学生”，甚至殃及我的父母……

18 岁的我已隐隐懂得，中国人的日记，还有信件，有时甚至会让它的主人付出生命的代价。我越想越害怕，越想越担心，惶惶不可终日。

更让我气恼的是，平日被我东藏西掖，就连妈妈也一直不让看的绝对保密的日记本，如今却落到了一群不相识的人手中。那些属于我内心深处最珍贵最秘密的个人情感，就这样赤裸裸地暴露在外人面前……

我羞怯又焦虑，恐慌而担忧。但我没有法子能把日记要回来，他们不会理睬我。有一次我甚至走到了那所学校的大门口，望着来来往往的红袖章，我只能流着泪原路折回。

惊悸的睡梦中，我幻想突然来一场龙卷风把那两本日记掷入大海，让它在地球上永远消失。

那段日子里，几乎每一天，我都等待着厄运的降临。

就是在那一年，我从小学三年级开始，已经坚持了10年之久地写日记的习惯，被我自己彻底放弃。

然而奇怪的是，我日夜担心的那种情形，却始终没有出现。没有什么人再来找我的麻烦。那两本日记似乎就那样不明不白无声无息地消失了。

第二年初夏我去了北大荒，遥远的寂寞中，我自此不再写日记。

然而岁月却无法抚平我曾经丢失日记的创伤。想起它们时，我的心里总有一种深深的隐痛，时断时续地刺疼着我，我不知道它们最后的结局，究竟是因为那些人偶然的忽略，还是觉得没有什么利用价值，而将其作为垃圾丢弃了？

过大江这个人，是在我遗失了日记的12年以后，也是我终于渐渐淡漠了当年那一场日记风波记忆以后，突然冒出来的。

那是1980年，我正在北京的中国文学讲习所学习。这是自1957年中断了20多年后，重新恢复的第一期文学讲习班，许多报纸都报道了这个消息。

那一天，过大江这个陌生的名字，从一封来自杭州师范学院英语系的信中，忽然跳了出来。他在信中以急切的口气探问道：你是不是就是那个曾经在杭州生活过的人呢？你是不是在1969年曾经丢失过两个日记本呢？你的名字很特别，天底下难道还有与你同名同姓的人吗？假如你真是那个人，假如你真的曾经丢失过日记本，那么我要告诉你，在这11年的时间里，我一直珍藏着那两本日记。如果我能确定你就是日记的主人，我愿意把它们退还给你。

那信封里，竟然还另夹了一页小小的纸片，是从那日记本上小心地撕下来的。一行行密密麻麻稚嫩纤细的钢笔字，在发黄的旧纸页上晃动，令我眼熟，勾起一种遥远而痛楚的记忆。

我傻傻地愣着，目瞪口呆。我无法相信这是真的，简直就像是小说里虚构的情节，但我又不能不相信这是真的——那张小纸片上的字迹，证明它确实是我当年遗失的那本日记。

我当时就给这个叫过大江的大学生回了信。我说，我是你要找的那个人。据大江后来说，我给他的那封信，语气很激动。

那两本日记究竟是怎样到了过大江手中？他又是怎样在长达11年的时间里将它们精心保存下来？当时我恍恍惚惚地几乎不敢相信那是真的，那该是一个多么曲折奇特的过程啊……

他很快有回信来，说“文化大革命”中自己还是个调皮的小鬼头，一次学校军训演习，练习钻防空洞。工宣队的师傅命令学生们躲在防空洞里不许出来，而那位师傅却在洞外面走来走去，还抽着烟。他觉得非常不公平，终于忍不住把脑袋伸出了洞外，对那位师傅叫喊着，嗳！你自己为啥不蹲在洞里？假如有敌机飞过来，你肯定第一个被炸死！

工宣队师傅很生气，就把他带到工宣队的办公室去谈话。但那会儿工宣队的人很忙，让他在旁边的一个空房间里先等一会。

他等了一会，又等了一会，过了很久，还是没有人来找他谈话，他感到很无聊。无意之中，拉开了桌子的一只抽屉，那抽屉里塞满了一大堆批判材料，他发现里面有两个小小的本子，封面有很好看的图案。

他好奇地翻开了其中一个本子，觉得那好像是本日记。扉页上写着一个人的名字。发现这是一个女孩子的日记。上面有一些关于感情的话语，朦朦胧胧地使他感到新鲜。他的呼吸有些急促起来，他不知道究竟是什么吸引了他，很想读下去。

他说后来连自己也没有想到，他把那两个小本子很快塞到了衣服里，然后从窗户跳出了那间办公室，一口气跑回了家。

那天夜里他读完了这个不相识的女孩子的日记。那个少年很久没有睡着，他只觉得有一行清凉的泪珠，从他脸上莫名其妙地淌下来。

他不认识那女孩子所记述的那个“老高三”的男生。他只是猜测那个人与他同校，那时他还太小，从未见过那个曾经叱咤风云的人。在那之后的十几年里，他始终没有见过那个人。

他虽然无法知道这两本日记为何会被人搁置于此，却怀着一种隐隐的怜悯和爱惜，将那两个小本子藏在了自己的枕下。

那些日子他在夜里长久地翻看着它们。一个像湖水那样清洁而纯净的女孩子的低声细语，忽而唤起了他一种陌生而温柔的情感。他甚至有些震惊，因为在那以前的日子，除了革命日记，他从不知道还有人竟然这样写日记。那样娓娓地、悄悄地诉说着自己的心事，像是在对世界上一个最知心的朋友说话。他说在那以前，他只读过雷锋日记还有革命烈士的日记什么的，都放在展览馆里，供众人参观。他说他也写过日记，那是必须要交给老师，然后“一帮一、一对红”，让大家来讨论评阅。在那以前，他认为日记这种东西的用处，就是写给大家看的。如果后来有一天英勇牺牲了，日记就可以登在报纸上，让大家都来学习，然后大家都得来写一模一样的日记……

而那个女孩，却在一场革命的风暴中，痴痴地爱上了一个人。爱得那么专注那么纯情——爱情原来是那样美好的啊。那个少年痴迷地想。

他忽然勇敢地决定，他要永远保存这两本日记。他从此记住了那个女孩的名字。

两年后，他被上山下乡的洪流裹去了内蒙古草原。临走时收拾行装，他果然把那两个日记本放进了远行的背包里。他带着这两本捡来的日记，住进了异乡的蒙古包。北国寒冷的冬夜，微弱的灯光下，他曾很多次打开它们。喧嚣与孤独的生活中，这个神秘的伴侣总好像在向他诉说什么。他的生活由于它的存在，悄然独自享受着一份纯真的温情。有时他想象着那个女孩的面容，呼啸的风声中，她却永远是一个模糊的轮廓。

过大江在内蒙古兵团整整7年，其间多次调动搬迁，他说曾有好几次，他都差点想把那两个本子扔掉。那两个小本子在许多次地翻阅摩挲后，已渐渐变得破旧，却终究还是被他一次次留下来，终究还是舍不得扔。更令人不可思议的是，当1978年知青返城，过大江离开内蒙古时，他偏偏又在那一大堆乱七八糟准备处理的杂物前弯下腰去，固执地将那两个本子挑出——他不想让它们再次落入他人之手，他决不会让它们再次丢失了。

于是，他最后居然把两本日记重新带回了杭州。

直到1979年，他考上了杭州师范学院英语系。

直到1980年，有一天他在图书馆阅报时，忽然觅见了那个熟悉的名字。

那个名字对他来说，实在是太熟稔了。许多年中，他一直以为那是他独一无二的珍藏，是一个属于他自己的秘密。他固守着那两本日记，仅仅因为那是他少年时代的一个发现，他曾以一种奇特的方式与它对话，在同它无声的交谈中得到理解和满足。他与它之间那种种微妙的默契，已成为他生命中一种不可割舍的寄托，所以那个女孩的名字实际上对他已并不重要，它也许只是一个符号一个代码。虽然他曾许多次猜测这个大女孩如今的境遇，想象着有一天把日记本交还给它的主人的情景——他无论如何没有想到，他在11年后再度发现她的时候，这个名字已是一个随随便便就会在报纸杂志上露面的作家。

他心里涌上了些许失落感，若干年后当她成了作家，那么也就意味着这个名字已不再属于他独有。他并不希望她成为作家，惊喜过去之后，过大江发现自己更多的是遗憾。

于是这个离奇的故事终于在1980年暂时告一个段落。我猜想过大江并不喜欢这个结尾。但他仍然十分守信地将那两本日记，很快托人带到了北京。他决定将它们物归原主时，准备得过于严肃认真，以至于我拆开那用牛皮纸包好的信封时，很费了一些力气。牛皮纸里面是一层白色的厚纸，白纸里面又是一层白纸。这个隆重的仪式进行完毕时，焦急不安的我，已是满头大汗。我的手终于从那一层层的厚纸中，触摸到了两个硬壳封面的日记本。我掏出它们时也掏出了一段被遗忘的历史。我发现它们其实是那么小又那么薄，灰蓝色的封面油漆已被磨损，露出黄色的马粪纸，在本子的左角，有一朵淡红色的小花……

那时我长久地靠在椅子背上，眼前是一片空空的虚无。作为日记的主人，我失而复得时，却感觉着一种若有所失的怅惘。现在，是轮到我面对这两本从天而降的日记，想象着在长达11年的时间里，收留了它们又替我照料了它们的那个过大江，究竟是一个什么样子的人?

在我们分别和轮流拥有这两本日记的不同时期，我和他恰好做了一个富于戏剧性的心理对位。

我却始终再也没有打开过那两本日记。那个初恋的故事已成过去。

那年春节我和过大江终于在杭州见面。

他和我想象中的那个孱弱内向的少年，似乎有很大的差别。他已是一个高高个子、结结实实、有着宽大的身架、嗓音洪亮的年轻人。唯有那一双微笑而温和的眼睛，轻轻松松地洋溢着善良和诚实，眸中折射出点点纯净的闪亮，恰是在我心里无数次勾勒过确信过的，一点没错。只有这样的眼睛，才会看透和珍惜我日记中的那份真诚。

我无法对他说出“感谢”这样的词汇。我只能说我已在他的目光中恍悟：这位替我保存了日记的人，如若不是与当年那个女孩同样善良和单纯，在那样一个年代里，他恐怕早就把它们作为“反动日记”上交组织，或是偷偷销毁。甚至，当他获悉那个女孩成名之后，他还可用日记来敲诈她勒索她……如果我的日记不是因为遇到了过大江那样的人，何其糟糕的后果不会发生呢?

所以我只想对他说，那两本日记长达11年飞去又回的旅行经历，绝非是一种偶然。我忽然感觉着一种难堪的惭愧。我说你曾经在日记中憧憬过的那样热烈而真挚的爱恋，当你见到我的时候，它已成为一堆无法复原的碎片。我唯愿你不会因此而对爱情失望。

他淡淡地微笑着。不。他说，只要曾经有过。

我相信他懂得，因为他曾经和我共同享有过那份纯真。

后来的许多年，日子就这样在没有日记的匆匆忙忙中，一天天流逝。过大江从大学毕业，先是在一所中学当英语教师，后又去了一家外贸公司。我许多次回杭州，他似乎忙得连见我一面的时间都没有。我猜他也基本不读我的小说，那些编织的故事，对于一个曾经读过她最原始的“作品”的人来说，恐怕索然无味。渐渐就听说，他的商务越做越大了，说他搞外贸很投入也很专业，如今已是一家外贸公司的经理，个人收入不菲，也可算是一个小小的“大款”了——这所有关于过大江下海经商的消息，都曾使我十分迷惑不解。至少同我心目中那个有一双温和善良的眼睛，迷醉于纯情和真诚的过大江，相去甚远。长长的25年，一个人的半生，时间足以改变一切，包括当年的那个小男孩。

又是几年过去，一个美丽的春天，我偶过杭州小住，总算用呼机将过大江找到，相约在湖堤散步。由于那无法忘却的日记，我希望解开自己心里的疑惑。

阳光和煦，远山逶迤，有凉爽的微风从湖面上吹来。一棵巨大的香樟树，葱茏蔽日，粗壮的树枝缀着轻柔的叶片，低低地向水面伸展开去。就在那一树浓荫的臂弯里，紧挨着湖边，有一条绿色的长椅。

我们已在湖堤走了好一会儿，彼此说着这些年的经历，终于觉得有些累了。我的眼睛一次次望着湖边那张长椅，真希望能在那儿坐一小会儿。可惜，那张椅子上有一个人，一个穿着蓝色工作服的女人。过大江说那是个园林清洁工人，看样子她正在这里休息，坐一会儿就会离开的。

我们在她不远的身后等了一会，她没有察觉，似乎没有走的意思。

我看了看表，我的时间不多。过大江也看了看表，他的时间也许更少。后来过大江就朝那张椅子走了过去，他很快地从衣袋里摸出了10元钱，微笑地递给那个女人。他似乎说对不起，给你添麻烦了，你能让我们坐一下吗？

那个女工受惊一般地站起来，推开他的手，连连摇头，她说她不要，你们坐你们坐吧，我该走了我该去干活了……

她以极快的速度离开了那张长椅，消失在树叶中。

我们在那条宽大的绿椅上坐下，很久，谁也没有说话。

你说她为什么不要这钱呢？过了一会，大江喃喃自语。

其实她完全可以要的，但她没有。我说。

她不是傻，不是。大江用肯定的口气说，眼睛像湖水幽幽眨动，所以我还是认为，世界上的人，不会个个都是那么唯利是图、贪得无厌的。我还是相信这个地球上，有许多美好的事情，值得我们活着。你说呢？

我无言地望着他，忽然想起大江如今已是不惑之年的人了，略略显得疲倦的面孔，比我十几年前第一次见他，显然已成熟许多，唯有那双微笑的眼睛，却依然清澈、明净如初。

不同人不同的眼睛，即便对同一件事，所看到的东西也截然不同。我想。美的丑的恶的善的，终究在人心里，因而，每个人都会有一个属于自己的人生。

我似乎没有必要对大江说出我的疑惑。分手时我们都很轻松。

我永远不会再写日记了，所以我只能将这个真实的故事，作以上的笔录。

老费的小屋

我竟然就记不起他的名字。只记得那时人们都叫他小费。

我第一次看见他的时候，他就站在上海文艺出版社招待所二楼走廊的宿舍门口。我想自己当时肯定是吓了一跳：他的脑袋好大，一脸粗硬的连腮胡子刚刮过，冒出一层青黑色的胡茬；个头好矮，还不到我的颈部；后背上隆起一个很大的鼓包，衣服便在身后吊着，如一个张开的口袋，往一边斜歪过去，半个前胸扭曲着突兀地几乎顶到下巴……

是个驼背。我想。“三座大山”不敢说，深受“一座大山”压迫也是够受。我收起惊讶，冲他勉强一笑。有人介绍说，小费是出版社音乐组的编辑，家在苏州，所以他平时就住在招待所里，房间在我的斜对面，我算是他的“邻居”。

那年我25岁。25岁的眼睛看他，觉得他已是挺老的了。其实现在算算他当时不过才三十七八岁的年纪。但我却固执地按照自己的标准来称呼他，管他叫老费。

老费好像没有名字。反正很少有人叫他名字。费这个姓本来就少，而他在出版社，又是这样一个独一无二具有鲜明外形特征的人，无论老费还是小费，总归是在叫他。于是他用低沉沙哑的嗓音平平淡淡地应了一声：唔。

我每天从出版社改稿回来，必要经过老费的门口。他的门总是半开半闭的，从走廊可以看见他房间的墙上挂着一幅书法，龙飞凤舞得很是气派。门里传出来低低的音乐声，不像是当时收音机里的革命歌曲。这使他的房间有一种神秘感。我走过那儿便忍不住想窥探一番。有时我听到他的门响，听到他房间的说话声，我想他的门既不关紧，想必他是在期待着客人或是朋友，但他从来没有邀请过我。

其实老费是很随和的人，若是在盥洗室遇到他，他总是嘿嘿笑着主动和你打招呼。他好像是有哮喘病，因而那笑声有时有些波浪形的起伏，夹着几声发自肺腑的咳嗽。老费是个单身汉，得自己洗衣服洗碗拖地，他似乎挺乐意做这些事，衣服总是穿得干干净净。他的办公室就在绍兴路出版社二楼，我改稿的斗室楼就在他旁边不远，有几次我闲逛到那儿，见他在埋头工作，桌上堆满了五线谱和简谱的稿纸。他的工作大概是誊抄这些谱表。我说你不歇会儿吗，他头也不抬地回答说不累不累。一会儿从办公室这头传出一个声音：老费……一会儿又有人从那儿喊：老费！老费像是不可缺少不可替代，每当有人喊他，老费苍白的面孔便容光焕发起来。

那时的人们彼此间很戒备很提防，但老费沉沉的眼镜片后面善良的目光，释放着信任和理解。他那硕大的脑袋缩在倾斜的肩膀上，像一个安全的岛屿。

有一天我终于下决心去他的宿舍房间拜访他，借口也许是向他借一件什么东西。那时我绝对没有想到十六七年以后要写一篇关于他的文章。我并非为了好奇，其实我也不知道为什么，我只是很想同他说说话而已。我从遥远的北方荒原来到这喧闹的南方大都市，兴奋之余却有着无名的烦躁和疲倦。

他的宿舍门从不关，所以不用敲门。我轻轻推门而入，他没有丝毫惊奇地表示，更好像是在等待着人们来请求他的帮助。那瞬间我想起白雪公主和七个小矮人的故事。我慌慌张张地在床边坐下，我宁可更矮也不希望他抬头仰视我。

那时我才看清他的小屋像一个狭长的车厢——所有的东西都靠一面墙放着，留出几步宽走路的地方。单人床连着写字台，写字台连着几只高低不一的毛竹书架。书架上的书有文学音乐美术各类，我想他的兴趣倒是挺广泛的。他活在他自己的天地里，这个旁人无法涉猎的心灵世界，也许既不残缺也不荒凉？

我们随随便便地聊起来。现在我自然已想不起当时谈了些什么，但我记得他台灯下一只黑色的石雕吸引了我的注意。那是一头造型古怪的老牛，横卧在一本字典上，似乎在默默地咀嚼着草料。我忍不住问：你是属牛的吗？

他嘿嘿地乐，并不怎样地吃惊。好像谁都应该这么认为。

他反问我一句：你知道它有多少岁了？

我摇摇头。

它同我一样大呢。他的神情很有些炫耀。这是我出生时，父亲送给我的纪念。

我笑笑说，是不是让你做革命的老黄牛？他慌忙打断我说，不是不是，这怎么会呢？我父亲哪有这么革命，他不过是个文人。他的意思是，做学问要像老牛吃草那样，翻来覆去、来来回回嚼，把营养都消化掉，没有一点浪费。你说是不是？

我才知道在那个年代里，对“老黄牛”还有别样的一种解释，觉得挺新鲜。

后来我对他谈起自己正在修改的长篇，谈到我的种种困惑和疑虑，掺杂着我的得意和希望。他静静地听着，一言不发。后来他长长地叹了一口气，镜片后头滑过黯然的忧郁，厚厚的嘴唇撇了一撇，却终于什么也没说。

那一刻我不知为什么忽然惶惶然起来，我敏感的心接收到一种异样的同情。与其说同情不如说是一种怜悯——怜悯着我的无知、幼稚和自相矛盾的“真实”。那一刻我对自己长时间的辛苦工作忽然发生了动摇，我不知道我的那些“作品”究竟具有什么样的价值。

我第一次发现，原来一个健康的人，竟是可以被一个残疾人同情和怜悯的。

我对自己、对人生、对一切貌似强大的事物最初的怀疑，从那一刻起，滋生于老费的小屋。老费并没有藐视我，而我却为一个残疾人对“时尚”的藐视而深深震惊。

那以后我每天从出版社回来，总会找机会到他的小屋里去坐坐。那个南方的大都市有我的许多亲戚和朋友，但我唯独在他的房间里才感觉到踏实和放松。他的门总是虚掩着，谁都可以自由出入。如果有一天他的门上挂着锁，我就会到传达室去问，老费到哪里去了。回答或是他去苏州老家休假，或是他昨晚又心脏病复发送医院急救了。但每次不出三五天最多一周，他的门又开了，半开半闭，就好像从来没有关上过……

老费不在的日子，我回到招待所，心里就会空落落的。我走过他的房门口，里面若是静寂无声，我就会有些隐隐的担忧。我知道自己其实很弱小很不堪，只是我从不愿承认这点。我发现自己的弱小，是在一个所谓比我更弱小得多的人面前。

有一次老费从苏州回来，显得格外高兴，他说，你想不想让我父亲给你写一幅字？许多人都请他写的，我已经同他说过了，他说让你自己选一首喜欢的诗词。

我愣愣地问：你父亲，是谁？

你不知道费新我吗？我以为你知道的，怕你不好意思说。他真的有点惊讶了。

我解释说我确实不知道这位大书法家是他的父亲。我从来没想过请他赠我墨宝。

他好一会儿没说话，我看出来他有些失望，又有些感动。

大概是因为很多人走近他，都是为了向他父亲求字？而我那时完全没有收藏名人字画的意识，我走近老费，就只是因为他使我想走近他。

其实，许多人想要名人的书法，只不过是附庸风雅而已。老费很通达地笑了笑。不过，我想送给你一幅我父亲的字，是我真心想要送给你的。他走到墙边去指着那张我熟悉的条幅说：这是我父亲用左手写的，他年轻时写字用右手，到了60岁，得了风湿，右手坏了再也写不了字了，按理说他功成名就就可以赋闲在家修身养性，但他却从此开始练习用左手写，如今有人认为他左手写的字，比右手还有劲呢……

小屋在那一刻变得宽敞明亮。只可惜我记不清墙上那一首是什么诗了。

过了些日子，我拿着爸爸特为我选录的一首王安石的七绝诗去给他。

他接过来，眯着眼，讷讷地读道：

飞来峰上千寻塔，闻说鸡鸣见日升，不畏浮云遮望眼，只缘身在最高层。

读毕，咂咂嘴，余味尚存。连声说，好！好！不畏浮云遮望眼，只缘身在最高层。有道理有道理，选得好，我马上就给家里寄去。又低声说，现在一般人都喜欢选伟大领袖的诗词，太重复太重复，你这首，有深意的……

我那部关于知青生活的长篇处女作终于修改完成、出版后，又留在上海帮着出版社编了一本知青散文集，到了1975年初夏，我必须离开上海回东北农场去了。不知为什么，我走的那天没有见到他，走廊上他的房门关着。我想是不是他的肺气肿又犯了？这段时间他已经好几次发病住院了。但没人告诉我他去了哪里。我的告别仅仅是许多天以前经过他房间时一个轻描淡写的招呼。当时他只是嘿嘿地点了点头。

也许是秋天，也许是第二年的春天，我留给老费的杭州家里地址，收到了他曾应允我的赠物。打开信封扑来一阵墨香，宣纸上怪异的墨迹，就是我选的那一首诗。左下角落款处有一行小字：新我左书。

我那时已忙起来且忙得不可开交，我记得我是给他回过信的，说了一些感谢的话。但没有收到他的回信。那幅费老先生的书法作品，裱好后就一直挂在我杭州家里的墙上，很被一些客人欣赏。每当有人问起我是如何“搞”到费老的字的，我总是说不出话来，那个时刻只是想起老费。想归想，却一直再没有时间给他写信。天南地北的奔波中，老费和他的小屋就被我一日日地淡忘下去了。

很多年以后，有一次我途经那个城市，偶然中又路过那个出版社的招待所，陈旧的楼窗忽而唤起我一种忧伤的情感，我沿着楼梯走上去，我似乎听见有人在喊老费。我把楼梯踩得咚咚响，我知道拐角那儿就是老费开着的房门……

然而，那扇深棕色的木门却紧紧关闭着。我在那门口站了一会，只听见自己的喘息声。

有人在我身后说，老费已经死了好两年，怎么你不知道？

为什么？他为什么会死？我听见自己哽咽的声音。

医生早就说过，他这人活不长的，他是残疾人，身上有好几种毛病……

那扇门是再也不会打开，瑞金二路的出版社招待所，后来改为科技出版社了。老费的小屋早已不复存在，我也不会再到这个地方来。但在我斑痕累累的人生旅途上，我仍然企图忘却所有的丑恶，而记住在艰难的日子里曾经领受过的，哪怕一丁点儿的温暖和真诚。

尤其当它来自一个实际比你更需要帮助的人。它虽残缺微弱，却已是他的全部。

故事以外的故事

去年（1996年）早春的一日，我收到了一封从《小说月报》转来的信件。信是从济南发出的，一个陌生的地址。看样子是一封读者来信。

信中的大意是这样的：我是济南一所大学的退休教师。最近刚读了《小说月报》1995年第二期上选载的您的长篇小说《赤彤丹朱》系列之一《非梦》。我发现您小说中的某一段故事，与我失踪多年的二哥的经历，有惊人的相似之处。所以冒昧地给您写信，希望能与您联系，以便得到进一步证实。

信尾还有一些感谢的话，感谢我写了这部小说，等等。

写信的人叫作贾民卿，与我作品中记述的那位在抗战时期牺牲的青年学生贾起同姓。他说他的二哥原名贾汉卿，出生在青岛，20世纪30年代末离家参加抗战，后辗转到江浙一带，曾在金华地区加入过抗日组织朝鲜义勇队，1941年与家里失去联系，从此音信全无。据说贾汉卿惨遭国民党特务杀害，在天目山地区英勇牺牲。但至今几十年过去，没有接到过有关方面的任何书面通知，更无法得知贾汉卿遇害的详细缘由和经过，贾汉卿最后的下落，便成为一段无人知晓的历史疑案。最近，他和他的家人偶然读到了我的《非梦》，深感小说中那位牺牲在天目山的爱国志士贾起，无论年龄、籍贯、身份和经历，还是故事发生的地点和时间，都同真实的贾汉卿一一重合。那么，小说中的贾起，是否就是他失踪多年的二哥贾汉卿呢？

他在信中急切地表示，若是小说中曾与贾起相恋的朱小玲，也就是作者的母亲，至今依然健在，他很希望作者的母亲，能告诉他贾汉卿牺牲前后的真实情况，至少，他和他的妹妹贾子义能知道贾汉卿最后的埋骨之地，也许有生之年，还能为这位死去50多年的亲人祭扫荒坟……

我的手微微颤抖起来。信纸上的字迹一片模糊。

还在我上中学的时候，我就知道那个山东人贾起了。他是作为一个真正的烈士和活着的英雄进入我的生活和记忆的。

那是很多年中一直被妈妈不断重复叙述着的故事。叙述多半发生在夏日的某个夜晚，四周闷热无风、溽湿窒息，树叶静止不动，像一幅阴森而肃穆的剪影。年轻的贾起背着行李向我走来，只是那么一个缥缈的瞬间，我甚至从来没有看清过他的容貌，他便消失在天目山苍莽的丛林之中了。唯有那一声凄厉的枪响，每一次都尖锐无情地穿透贾起高大的身躯，然后重重地坠落在我的心上。

那是真的，是真的吗？

这样的问题虽已重复多次，妈妈的回答也毋庸置疑。但多年前牺牲在浙西大山里的贾起，对于我仍是一个疑虑重重、神秘而悲壮的谜。

那个被妈妈以诚挚的敬意与至爱的情怀无数次讲述的故事，从一开始就萦绕着徘徊不去的悲恸和忏悔。妈妈坦言的悔恨和内疚，使我深感贾起之死在她一生中留下的伤痕和阴影。由于那种错失再也无法挽回，她的伤痛便无以排解、无从解脱。于是除了父亲之外，一遍遍地向她尚未成年的女儿复述这个故事，诉说她在贾起死后的若干年中，由于一直无法找到贾起家人的歉疚和不安，这便成为她赎罪和寄情的某种方式。

多年以后，终于有一天，我恍然明白，在我离家北上前那些少女和青年的岁月里，妈妈无法忘却的贾起，每一次从夏夜里若隐若现、飘忽走来的那些日子，恰是贾起牺牲的祭日前后。

故事其实并不十分复杂，1943年，在敌后宣传抗日的朝鲜义勇队，在江西上饶遭到国民党强行解散，于是妈妈决定跟着贾起一同到东北去寻找抗日联军。北上遥远的路途需要一笔盘缠，妈妈说可以回德清老家去筹措。而当年从浙中去浙北德清的通行路线，必须经过国民党势力盘踞的浙西天目山。对此，贾起曾表示过犹豫，但他最后仍是陪同妈妈经浙西去往德清。途中路过安徽於潜镇，被相识的熟人认出告密，两人同时被捕关押。德清老家差人闻讯赶来，欲用重金将妈妈保释出狱，但遭妈妈拒绝，坚持要家人将贾起同时保释。就在家人回去筹钱的几天里，风云突变，日军扬言进攻天目山，国民党中统特务机构调查室奉命将犯人分别转移至深山。由于途中行动不便，遂仓促将一份黑名单上的人，秘密枪杀于深山之中。待母亲的家人携款前来，妈妈方知贾起已从容就义，遗体无踪。她哀恸欲绝，却已无法挽救贾起的生命。直至贾起死后，妈妈才知道贾起原来是浙西行署早已通缉在案的中共党员。

妈妈不能原谅自己。贾起从此是她心里永远的痛。

当我成年以后，我想我曾对妈妈说过人死不能复生之类的话。况且，关于贾起之死，妈妈只是其中的一个因素。

但妈妈悲哀地摇头。她说你难道不懂得贾起之死，与你生命的某种联系吗？如果贾起不死，我也许会嫁给他，那么你就不是现在的你了。

我无言。

贾起之死，就这样成为我生命的一种缘由，还有一份责任。

贾起的亡灵从此不仅在他每年的祭日来访，而且开始时不时突袭式降临，一次次闯入我的心怀，与我娓娓交谈，向我切切发问。

于是有一天，我决定要写出这个故事。为妈妈也为我自己。

那时我没有想到这个故事之外还有故事。我只是觉得在这个真实的故事中，潜藏着一些尚未被人透视的更深层的意思。历史已成为过去，但人对于历史的认识与感受，却常省常新。

我在1995年出版的长篇小说《赤彤丹朱》第三章（曾作为中篇小说《非梦》的一节发表于《收获》杂志）结尾处关于贾起之死，曾有这样一段感慨：

> 然而对于这场悲剧，我却持有与我妈妈完全不同的看法……我心里的答案很清楚：因为他爱她。是爱情促使他敢以生命去冒险。他把他的生命同时献给了革命和爱情。而死神却比爱神抢先了一步到达。事实上，我们无限景仰的爱情和革命，彼此从没有和睦相处过。革命摧残着爱情，而爱情又折磨着革命。这个爱与死的话题留给我们后人的，是一个永远的困惑。

我把那封济南的来信，看了一遍又一遍。

我首先想到的是杭州的妈妈。我拿起电话，却又放下。我不敢立即在电话中向妈妈报告这件奇事。我担心这位乘坐着白色信封，来自长空天际的贾民卿先生，会让妈妈脆弱的心脏一时无法承受。

于是我把贾老先生的信，郑重其事地装入信封转去杭州家中。然后给妹妹打了电话，让她婉言向妈妈转述。我无法想象妈妈收到信会是什么样子。当泪水湿透了信纸的时候，50年的沧桑人生已是一片空白。半个世纪之后历史余音微弱的回响，会在妈妈心里激起何等强烈的震撼呢？那是一个痛楚又欣喜的时刻——真实的故事变成了小说之后，小说竟又繁衍出真实的新故事。

那以后的事情，作为小说的作者已无所作为。我只知道贾民卿先生已被妈妈绝对地认定为贾起的哥哥。想必贾起当年活着的时候，曾经详细地向他的女友介绍过自己的家人的。妈妈很快给贾民卿老先生回了信。据妹妹报告，妈妈写那封信时，一边写一边哭，信纸撕了一页又一页，从早上一直写到夜里，忧欣交加。令她欣慰的当然是贾起的家人至今依然健在；忧的是当年贾起被秘密杀害以后，她始终无法得知贾起遗体具体的埋葬地。几十年来，连她都无法为贾起祭扫墓冢，如今更到何处寻觅莽莽大山之中的孤魂呢？

但故事外的故事，却开始在我小说以外真实的人世间延续和发展。

济南的贾民卿先生收到我妈妈的复信之后，将原信转到青岛老家，那里有他们的小妹贾子义。贾家兄妹关于追认贾起为革命烈士的申请报告，很快送呈青岛市民政部门。报告被批准立案以后，查证小组的三位同志即赴杭州取证。小说中至今依然健在的人物，变成了贾起一案的宝贵证人。历史事实证明，贾起于1940年在浙江遂昌参加中国共产党。牺牲前，一直在党的领导下从事抗日救亡进步文化活动。他的入党介绍人，一位在南京，一位在北京，他当年从事进步活动中的五六位战友和狱中难友，均有幸健在，义不容辞地对贾起的革命历史作出了证明。1943年贾起牺牲前后，与他同关一处牢房的杭州大学关非蒙教授，对前来查证的青岛同志说："我就是一位死里逃生的见证人。当时我在牢房里目送贾起被持枪的士兵押走，过了一阵，听到间断的枪声从山里传来，那天贾起再也没有回来，我明白是敌人对贾起下了毒手。"还有一位知情者俞某作证说："当年，贾起上了国民党党部的黑名单。新中国成立以后，国民党於潜县党部书记长曹某被镇压时，人民法院贴出判决书，上头列举的第一条罪名，就是杀害共产党员贾起……"

经过多方面核查，根据有关人员的回忆、公安部门档案、地方党史的资料记载，前后不到一年时间，青岛民政部门对贾起1943年牺牲前后的情况基本查清。50年以后，那个热血青年革命者贾起，终于在干涸的血泊中，重新站了起来。

今年五月，贾起的妹妹贾子义女士，为贾起一事专程来到杭州，就住在我父母家中。贾起牺牲了半个世纪以后，两位从未谋面的老人，被一部小说牵引着互相走近，在贾起付出了生命的旧地重续前缘，共同凭吊和纪念她们的亲人和友人贾起。至此，我妈妈才知道，贾家在革命胜利前和革命胜利后，先后献出两个儿子：贾子义的二哥贾起，牺牲于白色恐怖时期，而三哥贾超，1957年反"右"时，因为一幅漫画而被打成"右派”，发配到崂山月子口水库工地劳动改造，在20世纪60年代初期不幸“失踪”。家属曾多次向有关方面要人，最终仍是不了了之。他究竟是“自行失足落水”，还是别有原因，现已无从查考。待贾超被宣布“右派摘帽”时，世上已无贾超其人，有关方面只是通知了他的家人了之。

贾家老母为盼两个儿子归来，从20世纪40年代等到60年代末，老泪流尽郁郁而终。

我后来收到过贾民卿先生寄来的一帧贾起年轻时的照片，委托我转寄给妈妈。

照片上的贾起，面膛宽阔，五官端正，眼神凝重而深沉，嘴唇的棱角线分明，清秀聪慧，英气逼人。一头浓密的黑发中线对分，是那种20世纪40年代知识分子的标准发型。

这位贾起舅舅，就像我们无数次在电影中看到过的那些英雄人物——一脸正气。

我与他默默相视。他那坚毅而悲壮的眼神，飞过荒郊野岭，穿过时间隧道，在路上整整走了50年。

妈妈几十年遥望默念的贾起，就在这一瞬间里复活了。

贾起的复活，是因为他从未在他的亲友们心中真正死去过。

妈妈把一个消失的贾起交给了我。于是我用文字盖了一座永久的房子，用以供奉他漂泊无踪的亡魂，以使他的在天之灵安息。但我没有想到，贾起舅舅真的会在那些无声的文字中苏醒。

在小说中苏醒的贾起，记起了他50年前被猛然斩断的生命，以及那些还没来得及做的事情。

或者说，贾起就是为那些未能了断的亲情而苏醒的。

事后想起来，这个故事外的故事，确有些不可思议的奇妙和蹊跷之处——

为什么他的小妹妹贾子义的大女婿赵传康先生，去日本出差回国，在上海机场等候转机飞回青岛候机时，欲购一本杂志消磨时间，偏偏就读到了1995年第二期《小说月报》呢？

赵传康怎么就恰恰注意到了书中人物贾起，与他妻子姜盈的二舅舅经历相似。他回到青岛以后，便急急禀告给岳母大人了呢？

就好像有一双无形的手，在引导着、牵拉着他们，将他们悄悄领到了那本杂志面前。

是谁呢？还会有谁？

唯有贾起的幽灵，知道自从自己失踪之后，父母兄妹多年的焦虑和渴盼。

唯有贾起本人，九泉之下仍然放不下尘世间的亲缘。

但已成为浙西天目山孤魂野鬼的贾起，又能有什么办法，向远在山东的家人，准确地传递自己最后的噩耗呢？

这一等便是50年。

贾起一定曾无数次向妈妈托梦，委托他信赖的女友，去完成这庄严的嘱托。贾起的托付是有前提的，他希望有朝一日，让朱小玲的女儿用笔来写下他们以鲜血奉献的真诚与抗争，也借此能给予他的家人一份文字的凭据。

那是一份没有契约的协议。我尚在少女时代便签下了字，却对事情的原委一无所知。

这便是后来刊登在《收获》杂志，又经《小说月报》转载的《赤彤丹朱》系列之一《非梦》。

于是，贾起的游魂从天目山的莽林里飞出来，一次次徘徊在西子湖畔；又越过崇山峻岭，越过长江黄河，去东北寻找那个女孩儿。（抗日联军的那片土地，母亲和贾起舅舅没去成，而我去了，这其中有什么样的因缘机巧呢？）他等了一年又一年，耐心地等着她长大。他把一切希望都托付给这个热爱文学的青年女子，却无法对她言明真相。他夜夜倾听着她落笔的沙沙声，他或许隐隐知道自己回家的日子越来越近了……终于有一天，他看到她写出了那个故事，那部书稿很快被印成了一页页铅字。他在青年时代上大学时就读过这本杂志，那本刊载着他下落的杂志。他热爱文学也曾喜欢《收获》，于是他的游魂停下来，停在了大上海的虹桥机场，把那本杂志亲手交到了自己家族的后人手里……

他只能用这种方式来对自己曾经献身的理想，作出一个迟到的交代。

冥冥之中，其实贾起舅舅一直在试图引领着我。只是我的彻悟来得太晚。

那不是神灵也不是信仰，而是一种不灭的生命信息。

有时候，我凝视着《赤彤丹朱》赭红色的封面，觉得那其中也有贾起的鲜血，一直渗入到华夏大地的深处。可惜，它残留在地表的颜色，已经同红色革命的主题无关，只沉淀下来种种有关人性和亲情的思考。

雾天目

去西天目，是心里积存已久的一个念想。不是为观光，是为了那些大树。

几十年里，只要说到树，天目山就从父亲的眼神里巍然升起，像一次骤然发生的地壳运动。稀疏的白发在那一刻变成了茂密的森林，落满了雪。那是我一生中见过的最壮观的大树，他一遍遍说，假如你没去过天目山，根本不明白什么叫树。

其实不全是为了树。我知道，是为了一个人，一个已经逝去半个世纪的人。

几十年来，若是提起他的名字，母亲的眼神就会倏然暗淡下去，像被海潮淹没的沙滩。夕阳已沉入山后，苍茫的暮色托出波涛中模糊的山影。你即使哪儿都不去也该去西天目，你会看见他就在那里。她喃喃说，我和你一起去。

去西天目，就这样变成一种夙愿和仪式，无论为了树还是为了人。

只是，我没有想到，登天目山那一日，会遇上那样一场弥天大雾。

冬尽了，山下的树一天天蹿芽泛青，漾出了些许春意。而眼前的天目山，已满眼都是绿，绿得苍郁而沉稳，似乎千年万年就一直那样绿着，没有轮替和衰荣，没有落叶和枯枝。那是一种墨汁般深潭样的绿色，把所有草叶的嫩绿都覆盖了。

车从盘山公路上掠过那个叫南庵的拐角时，我感觉到紧挨着我的母亲，身子突然颤栗了一下。在牙齿轻微的磕碰声中，我分明听见了那一声尖锐的枪响。

雾气就是在那会儿，悄悄地从四面漫上来。

像一场突如其来的暴风雪呼啸而过，远山近树忽而望不见了。山中古老的禅源寺，隐匿在苍白的雾气里。下车寻路，林间的青石板小径如雨泼过湿漉漉的腻滑，只几步便消失在浓烟般的水雾中。空气变得潮重，斗篷似的裹在身上，人被悬浮在白茫茫的云层里，每一步都像要迈入万丈深渊。

母亲默默走在前面，像一个游荡的幽灵。白色的纱幕被她的脚步豁开一个缺口，影子穿过去，纱帘瞬间又闭合了。

山路通往林深处。头顶的天空突然变暗变低了。浓白的纱雾忽地织成一张铺天盖地的绿网，悬浮的雾珠在树枝上闪着绿莹莹的光泽，空中飘来松针和树叶清凉的气息。在那深不可测的绿巷中，我隐约看见了一排排巨大的树干，昂然立于路旁，我几乎与它们迎头相撞。

它们竟是那样粗壮，每一棵都需几人合围，才能将它抱在怀里；它们真是那般高大，浓密的云雾遮去了树梢，树尖伸到望不见尽头的天上去了；最令人惊叹的是树干之直，刀削般笔挺，像一根根气度轩昂的罗马石柱，支撑着绿屋的穹顶。褐色的树皮一片片如鳄鱼的鳞甲，已被千年的风霜锤磨成坚韧的岩石。

他究竟倒在哪一棵树下了呢？鲜血从他年轻的胸膛里流淌下来的时候，他或许就靠在那棵大树的树干上。他依托了大树，所以他牺牲的那一刻仍像树一样站立。龙爪般的树根上至今还留着他的斑驳血迹，只是被浓浓的雾气遮掩了。

那个无风无雨的春日，那些被父亲无数次赞颂和崇仰的天目山大树，就这样从漫山飘忽的浓雾中，和那个叫贾起的前辈一起，若隐若现地走来。我看不清他的面孔，只听见他脚上沉重的铁链，像伐木人锐利的锯，一声声从树林深处传来。

我不知道他在匆匆离去前，是否还有心情观赏这些西天目的稀世大树。57年前的树叶早已零落成泥，但我清晰地看见他灼热的目光仍在枝条上缠绕。还有他抚摸着树干留下的湿掌印，那手纹一寸寸嵌入老树的树皮，与树合为一体。

他一定是分外地爱着大山和这些大树的。也许正是为了护佑它们，还有他心底里的爱人，他才走向抗日的战场，他早已做好了交出自己的一切，包括生命的准备。

半个世纪过去，西天目的树，依然是当年他曾见过的那些树。如今我所见的情景，早已被他熟读过多次了——陡峭的石阶两旁，是被人们称为“仪仗队”的巨大柳杉，胸径宽达一米，武士般健壮雄伟，百十棵大柳杉顺坡排列，阵势逼人。据说天目山的大柳杉有1300余棵，像是天下的柳杉精英都来此聚会了。再抬眼，奇高的金钱松破雾而出，穿云摩天，婀娜多姿，模特一般窈窕轻盈，目不斜视，傲气十足，人称“冲天树”。若不是弥天大雾遮挡了视线，可望见悬崖峭壁上的林莽中，挤挤撞撞拥塞着几百棵千年银杏，等到秋天，山谷里定是黄叶灿烂金光四射。九里亭、七里亭、五里亭……几十里山路，不是在走，是在仰望，始终是扬着脸，瞻仰那些永远的树。

据说早在宋代，便有人将西天目这片偌大的森林冠以“千秋树”之美称。当那一排枪声在冰冷的山谷里响起的时候，唯有这些树，是沉默的目击者。后来那些离乱梦魇的岁月，仍是这些树，在荒野莽丛中陪伴他。而他年轻的生命终止在27岁，大树已然千年。他舍弃了故乡青岛温暖的海滩来到江南，最后变成了一棵“千秋树”，将西天目做了自己永久的栖息地。

母亲仍是独自走在前面，75岁的高龄，脚步依旧矫健有力。从上山那一刻起，她的双目就被山峦雾气染得湿润。林深处不知名的鸟鸣啁啾，声声如诉，让人想起遥远的青春季节：一群女生欢笑着从禅源寺的临时课堂上跑出来，手拉手围着寺前的老银杏树，雄壮的抗日军歌惊飞了树上的小鸟……待她几年后重回西天目，却是被枪兵押解着，不知要押解到哪一座山坳里去。他就在她的前面，一步步走得坦然稳健。她望着他的背影，踩着他的脚印，有他在，就像有树在，她不再慌张。直到今日，她仍能想起他回头看她的那一道目光，笃信而又充满了怜爱，如阳光下流淌的山涧小溪，从石缝里透出乌亮的光泽。

母亲站住了，站在一棵巨大的柳杉树下。树身奇粗，三人合抱仅围大半圈。奇怪的是那树皮已被剥得精光，露出枯涩的树干，瘢痕累累，深藏的皱褶中写满沧桑。枝条上没有一片绿叶，唯有躯干依然屹立，像一尊古老的石像。

我惊呆、疑惑、叹息。母亲轻声说，这就是那棵真正的大树王，但它死了，是被游人剥树皮做药，活活弄死的。50多年前，我曾见过它活着的样子，树冠就像一把巨大的伞，整个开山老殿都被它遮住了。

一阵山风袭来，浓重的雾气旋转着，雪片一般从大树粗糙的枯枝中穿过，如山妖林怪的舞蹈。抚摸着西天目的老树，刹那间，淡绿色的雾气变成了油绿的树叶，又如一树繁花缀满大树坚韧的枝干，青枝摇曳生机盎然，满山坡都是松针林涛的哗响——大树王在我的想象中复活，抑或说它从未死去。

雾越发浓了，下山的路还长。雾气如雨，洇湿了母亲的头发，我挽起她走，身前身后都是大树黑黝黝的剪影。父亲说，近年来他们已是第三次到西天目了，但没有人知道57年前被枪杀的那位革命者，究竟葬在哪里。

我说，你找不到他，因为他已经变成了一棵树。

世事变迁，唯有西天目的森林，是永远的。为着他们那一代人关于自由平等的理想，半个世纪之后我们依旧对他深怀敬意。然而，无数牺牲和太多的鲜血，使理想的代价变得过于昂贵。我们朝大雾弥天的南庵方向走去，我们走在雾里，身上的汗已变成了蒸腾的雾，将我笼罩其中。缥缈的雾气中，曲折的山路变得越发模糊难辨，我不知道上山下山是否唯有这一条通道？

那是一个雾日，在西天目，我穿行在也许可以被称为历史迷雾的情景中，真实变得越发令人疑惑。人说东西天目两峰之巅，各有一池，池水清冽，冬夏不涸，颇似双目仰望苍穹，故得名“天目山”。我不能也不敢去山巅，在我的想象中，那泓清澈的池水，或许是贾起舅舅不瞑的双目，在日夜诘问苍穹。

若是以那池水洗眼濯足，会有人“开天目”吗？

山林寂静，水气迷茫，雾中的大树影影绰绰。或许只有这些大树，才真正拥有自由空气和丰沛的雨露。

苏醒中的母亲

那天清晨六点多钟，书房的电话急促地响起来。我被铃声吵醒，心里怪着这个太早的电话，不接，翻身又睡。过了一会，铃声又起，在寂静中响得惊心动魄。心里迷迷糊糊闪过一个念头：不会是杭州家里出了什么事吧？顿时惊醒，跳下床直奔电话。一听到话筒里传过来父亲低沉的声音，脑子嗡地一下，抓着话筒的手都颤抖了。

年近80高龄的母亲，长期患高血压，令我一直牵挂悬心。2002年秋天的这个凌晨，我担心的事情终于发生，母亲猝发脑出血，已经及时送往医院抢救准备手术。放下电话，我浑身瘫软。然而，当天飞往杭州的机票，只剩下晚上的最后一个航班了。

在黑暗中上升，穿越浓云密布的天空，我觉得自己像一个被安装在飞机上的零部件，没有知觉、没有思维。我只是躯体在飞行，而我的心早已先期到达了。

我真的不敢想，万一失去母亲以后的岁月里，我们全家人还有多少欢乐可言?

飞机降落在萧山机场，我像一粒子弹，从舱门里快速发射出去。子弹在长长的通道中一次次迅疾地拐弯。而我的腿却绵软无力，犹如一团飘忽不定的雾气，被风一吹就会散去。

走进重症监护室最初那一刻，我找不到我的母亲了。我从来没有想到，我竟然会不认识自己的母亲——仅仅只是一天，脑部手术后依然处于昏迷状态的母亲，整个面部都萎缩变形了，口腔、鼻腔和身上到处插满了管子，头顶上敷着大面积的厚纱布。那时我才发现母亲没有头发了，那花白而粗硬的头发，由于手术而完全被剃光，露出了青灰色的头皮。没有头发的母亲不像我的母亲了。突然明白原来母亲是不能没有头发的，母亲的头发在以往的许多日子里，覆盖和庇护着我们全家人的身心。

手术成功地清除了母亲大脑表层的瘀血，家人和亲友们都松了口气。然后是在重症监护室外的走廊上整日整夜地守候，焦虑而充满希望地等待。等待母亲从昏迷中苏醒过来。每天上午下午短暂而珍贵的半个小时探视时间，被亲友们分分秒秒珍惜地轮流使用。无数次俯身在母亲耳边轻声呼唤：妈妈，妈妈，你听到我在叫你么？妈妈妈妈，你快点醒来……

等待是如此漫长，一年？一个世纪？时间似乎停止了。母亲沉睡的身子把钟表的指针压住了。那些日子我才知道，“时间”是会由于母亲的昏迷而昏迷的。

两天以后的一个上午，母亲的眼皮在灯光下开始微微颤栗。那个瞬间脚下的地板也随之颤栗了。母亲睁开眼睛的那一刻，阴郁的天空云开雾散，整座城市所有的楼窗，都好像突然一扇一扇地敞开。

然而母亲不能说话。她仍然只能依赖呼吸器维持生命，她的嘴被管子堵住了。许多时候，我默默站在她身边，长久地握着她冰凉的手。我暗自担心苏醒过来的母亲，也许永远不会说话了？脑出血患者在抢救成功后，有可能留下的后遗症之一是失语，假如母亲不再说话，我们说再多的话，有谁来回应呢？苏醒后睁开了眼睛的母亲，意识依然是模糊的，母亲只能用她茫然的眼神注视我们，那个时刻，整个世界都与她一同沉默了。

母亲开口说话，是在呼吸机停用后第二天夜晚。那天晚上恰好是妹妹值班，她从医院打电话回来，兴奋地告诉我们妈妈会说话了——我和父亲当时最直接的反应是说不出话来。妈妈会说话，我们反倒高兴得不会说话了。

妹妹很晚才回家，她详细地复述了妈妈今晚在病床上一口气说的那些话。妈妈反复复地说：太可怕了……这个地方真是可怕啊……妹妹插话说：我是婴音。妈妈说：你站在一个冰冷的地方……妈妈的那些话，结结巴巴断断续续，似乎在一场长长的梦魇中挣扎。她一生里曾经历的所有屈辱和苦难，如同无数记忆的碎片，在脑海深处闪烁浮游。她正在试图用嘴唇和牙齿与梦魇对抗，在语言中逃脱并复原自己。是的，不管怎样，我们的妈妈会说话了，妈妈的声音、表情和思维，正从半醒半睡的噩梦中一点一点复苏。

第二天清晨我急奔医院病房，悄悄走到妈妈床边，问：妈妈，认识我吗？

妈妈用力地点头，却叫不出我的名字。

我说：妈妈，是我呀，抗抗来了。

由于插管子损伤了喉咙，妈妈的声音变得粗哑低沉，她复述了一遍我的话，那句话却变成了：妈妈来了。

我纠正她：是抗抗来了。

她固执地重复强调说：妈妈来了。

我的眼泪一下子涌上来。“妈妈来了”——那个熟悉的声音，从我遥远的童年时代传来：“别怕，妈妈来了”——在母亲苏醒后的最初时段，在母亲依然昏沉疲惫的意识中，她脆弱的神经里不可摧毁的信念是：“妈妈来了”。

妈妈来了！妈妈终于回来了。

从死神那里侥幸逃脱的妈妈，重新开口说话的最初那些日子，从她嘴边奇怪地冒出了许多不连贯的文言文。探望她的亲友对她说话，她常常反问：为何？若是有人问她感觉怎么样，她回答：甚感幸福。那些言辞也许是她童年的记忆中接受的最早教育；也许是她后来的教师生涯中始终难以忘却的语文课；那几天我们差点儿以为母亲从此要改用文言文了，我们甚至打算赶紧温习古文，以便与母亲对话。

幸好这类用词很快就消失了。母亲的语言功能一天天开始恢复正常。每一次医护人员为她治疗，她都不会忘记说一声谢谢。在病床上长久地输液保持一个姿势让她觉得难受，她便不停地转动头部，企图挣脱鼻管，输氧的胶管常常从她鼻孔中脱落，护士一次次为她粘贴胶布，并嘱咐她不要乱动。她惭愧地说：是啊我怎么老是要做这个动作呢。胡主任问她最想吃什么，她说：想吃蘑菇。她开始使用一些复杂的句式来表达自己的意思，却又常常词不达意，让病房的医生护士忍俊不禁。她仍然常常把我和妹妹的名字混淆，我们纠正她的时候，她却会狡辩说：你们两个嘛，反正都是一样的。

如今再回想那一段母亲浑身插满了管子的日子，真是难以想象母亲是怎样坚持过来的。她只是静静地忍受着病痛，我从未听到过她有过抱怨，或是表现出病人通常的那种烦躁。

离开重症监护室那天，爸爸对她说：我们经历了一场大难，现在灾难终于过去了。

妈妈准确地复述说：灾难过去了。

灾难过后的母亲，意识与语言的康复却十分艰难缓慢。她明明是醒过来了，但我时常觉得她好像还在一个长长的梦里游弋。有时她清醒得无所不知，有时却糊涂得连我和妹妹都分不清楚。她时而离我很近，时而又独自一人走得很远；有时她的思维在天空中悠悠飘忽，丝丝缕缕不见踪迹；有时她又好似深深潜入了水底，只见一个模糊的影子和水上的涟漪……

但无论她的意识在哪里游荡，她的思绪出现怎样的混乱懵懂，她天性里的那种纯真、善良和诗意，却始终被她无意地坚守着。那是她意识深处最顽强最坚固的核，我能清晰地辨认出那里不断地生长出的一片片绿芽，然后从中绽放出绚丽的花朵。

若是问她：妈妈，你今天有哪里不舒服吗？她总是回答说：我没有不舒服。

我的表弟、弟媳妇和他们的女儿去看望母亲，在她床前站成一排。母亲看着他们，微笑着说：亲亲爱爱一家人。（那是我小时候妈妈给我买的一本苏联儿童读物的书名）

母亲也许是听见了不知何处传来的乐曲声，她说：敞开音乐的大门，春天来了。

医生带着护士们查房，在她床前嘘寒问暖。母亲微笑着夸赞说：这么多白衣天使啊……又说：多么好听的声音；还说：多么美好的名字啊……护士们都喜欢与她聊天，她们说朱老师说话，真的好有意思啊。

有几天我感冒了，担心会传染给妈妈，就戴着口罩进病房。母亲不认识戴口罩的我了，她久久地注视我，眼睛里流露出疑惑的神情。我后退几步，将口罩摘下说：妈妈是我呀。妈妈认出我了，妈妈笑了，妈妈心疼地说：你看你累病了，戴口罩很闷的，我没事，你回去休息吧……

一日，胡医师亲自陪母亲去做脑部CT，母亲躺在可移动的病床上，护工推着床下楼，经过医院的小花园。胡医师说：朱老师你很多天没有看到蓝天白云了，你看今天的阳光多好。母亲望着天空说：是啊，今天真是丰富多彩的一天呀！

想起母亲刚刚苏醒的那些日子，我妹妹的儿子阳阳扑过去叫外婆的那一刻，妈妈还不会说话。但她笑了，笑容使得她满脸的皱纹一丝丝堆拢，像金色的菊花那样一卷一卷地在微风中舒展。那是我见过的最灿烂的笑容，一如冷傲的秋菊，在凋谢前仪态万方地告别演出。

母亲一生待人和气宽容。对于生活的种种磨难，她从来没有抱怨没有忌恨。即便遭受如此大难，她依旧坦然承受着病痛，时时处处为别人着想。即使在她大病初愈脑中仍然一片混沌之时，她依然本能地快乐着，对这个世界心存感激。

也许是得益于母亲乐观平和的心态，母亲在住院几个月之后，终于重新站立起来、重新走路、自己吃饭，与人交谈，生活也逐渐能够自理。母亲回到了自己家里，几乎奇迹般地康复了。

我为自己有这样一位坚韧仁慈的母亲而骄傲。

我之所以写下这些，是因为我看到了母亲在逐渐苏醒的过程中，在她的理智与思维逻辑都尚未健全的状态下，所表现出来人性中那种本真纯粹、绝无矫饰伪装的童心和善意。母亲从健康的青年时代直到病前的老年岁月，曾经给予我的教诲与爱，都在她意识蒙眬而昏沉的那些日子里，得到了真实的印证。

在一个人刚刚从昏迷中苏醒过来，当自我意识尚不能受制于理性控制的时刻，她所自然流露出来的思维和行为，应是她心中最坚实的内核与底蕴。

因为你没有责备我

在杭州经历了一场“自行车车祸”之后，我觉得，世上的一些事情，处理的方法不同，结果也会很不一样的。

去年十月，因母亲突发脑出血，我接到家里电话的当天，立即飞回杭州。所幸母亲抢救及时，在浙二医院脑外科手术后，第四天即苏醒过来，但仍留在重症监护室治疗。作为患者家属，我们全家亲友24小时轮流在重症监护室外守候。我因值了一次夜班后即患感冒，便改为每天一大早去替换值夜班的亲友，到中午妹妹再来换我回家吃午饭。

那天中午我离开医院已近一点钟，只能“打的”回家。因住处的位置恰好在单行线一侧，出租车若是一直开到家门口，就得绕一个大圈儿。于是我就近在家对面的马路边上下了车，打算穿过斑马线，然后再穿过一条慢车道（自行车道），就可以到达公寓大门口了。

斑马线上空是高架桥，桥下竖立着一排巨大的水泥立柱。我急步穿过马路后，走下慢车道。（此行合乎行人交通规则）

但在我的前面另有一个行人，部分地挡住了我的视线。我刚走上慢车道没几步，一抬头，只见右侧冲来一辆电动自行车，速度很快。我立即意识到应该赶紧避开，刚停下脚步，却为时已晚，那辆自行车猛地冲过来，他显然已经看见了我却刹不住车，车子的惯性将我一下子撞翻在地。我听见车子倒地很重的响声，身体与那辆自行车一同甩出去，摔倒在路面上。那个瞬间我脑子里一片空白。我努力地想要站起来，用了很大的力气，最后好像是那个骑车人把我搀扶起来的。总之，当我终于艰难地站起来的时候，我发现四围已经围满了各式各样的人——端着饭碗正吃午饭的街边杂货店的伙计，顾客、行人和从远处飞奔而来的闲人……把我们和自行车团团围在其中。我愣愣地看着他们好一会，才明白那都是些看热闹的人：自行车撞翻了人！被撞的人和撞人的人——双方肯定马上就要开始破口大骂了，关于责任和赔偿的唇枪舌剑，一场精彩的恶战在即！

可我惊魂未定，一句话也说不出来。只是在心里怪自己倒霉，怎么说摔倒就摔倒了呢？

后来我终于看清那个骑车人是个小伙子，中等个头，他把翻倒的电动自行车扶起，一脸羞愧地走过来，低头对我说了声对不起，然后轻声问道：撞坏了没有呢？

我说没有没有撞坏，你看我不是已经站起来了么？没事没事……刚说完这句话，我开始感觉到了疼痛。疼痛是从右腿上传来的，是那种被剜去了一大块肉似的尖锐的痛。我不由得低头去看自己的右腿，厚厚的细条绒长裤完好无缺，而疼痛是从长裤里面发出来的。

你看一看吧，看看伤着没有……他说。四周的众人都热心地附和：看一看的好……

于是我不得不当众将裤腿捋起来寻找伤口，当时的情形颇为尴尬。时近深秋，长裤里面还有一条棉毛裤，捋起来很费劲。总算把棉毛裤捋到了膝盖左右，顿时，小腿上一道渗血的刮痕清晰可见：刮痕足有一尺多长，上面的皮都已被刮掉了，“见光”后迅速变得通红……

我茫然地看着自己小腿上的伤口，一时手足无措。

众人七嘴八舌地发表意见：去医院！你应该带她去医院检查的！

骑车人嘟哝说，当然是要去医院的，就是不晓得该把这辆电动自行车存放在哪里。

我心想我刚从医院回来，怎么又要去医院呢？我真的不想去医院，去医院实在是太麻烦了。我的肚子咕咕地叫唤，我很饿，只想回家吃午饭。但我裸露在阳光下的小腿，确实又痛起来了，谁知道会不会骨折呢？我试着走了几步，居然能走，一瘸一拐的，好像只是因为伤口疼痛的缘故。我用杭州话对骑车人说：你看，我能走路嘛，大概是不要紧的。算了算了。

看热闹的众人一时哑然无声。大概在他们管过的闲事案例中，从来没有碰到过这么一个傻女人，竟然主动对肇事者说算了算了。人群中立即有声音喊道：不能算了，你把他放走了，万一有点啥事情，你再到哪里去寻他？周围那些富有正义感的观众们，七嘴八舌一片援助之声。

我仍然拿不定主意是否应当去医院。何况，我的注意力开始转移到了我的长裤上，根本没注意到那个骑车人已经不见了。我开始反复查看自己的长裤，琢磨着为什么裤子没坏，而里面的皮肉却撞坏了？最起码也得先把外裤撕破，然后才能撕到我的腿吧？自行车倒地的一刹那，巨大的冲击力，究竟是怎样穿透裤面，在不损坏布料的情况下，直接剐去我腿上的肉呢？这个问题使我十分好奇与困惑。当时我满脑子都在探讨这个问题，根本顾不上其他。我就那样傻乎乎地站在那里，研究着自己莫名其妙的裤子和小腿，眼睁睁看着伤口越来越红肿……

看热闹的人们终于对这样一个奇怪的女人失去了兴趣，再说，骑车人已不知去向，这场纷争也无法继续下去了。人群纷纷散去，马路边上只剩下了我一个人。我捡起散落在地上的杂物，正准备往家走，那个骑车人满头大汗地跑过来，他说总算已经找到了存放自行车的地方，现在就可以陪我去医院了。他说着就伸手拦下了出租车。我也觉得自己似乎再没有什么理由拒绝去医院了。上了车，司机问去哪里，我想反正我每天都得去浙二医院守候母亲，还不如就去浙二医院，即使有什么问题，自己看病与看护病人都方便。

在车上，骑车人满脸歉意地向我解释说，他的电动车车速太快了，他只注意到走在我前面的那个人，那人挡住了他的视线，等他看到我的时候，已经来不及刹车了。

我说：我也太大意了，立交桥的柱子挡住了我的视线，我忘了再多看一眼了。

他说：我是骑车的，你是走路的，总归是我的责任多一点。

我说：我过马路总是心不在焉的，我老公一向都很为我担心……

他说：我那是一辆新车，刚买了没多少日子，开得不顺手，想不到还是闯祸了……

我想自己是遇到了一个诚恳的善良的人了。心里有些感动起来。肇事者和受害者彼此都主动承担责任、率先作自我批评——如此违反常规的情形，如今恐怕已不多见了吧？

不由对那人产生一点好感，随口问那骑车人从事什么职业，他说和朋友合开一个影楼，大部分业务是接拍一些广告。又问他家里的情况，他说妻子是个小学教师，岳母家在茅家埠乡下有房子，他有时去那里住，风景好空气也好，我说你福气挺好的，等于有乡间别墅啊。他笑笑说是，平时虽然挣钱不多，日子过得还算安稳。

就这样，我在刚刚离开浙二医院半个多小时以后，非常戏剧化地重新饿着肚子回到了这家医院。下车后，腿部肿胀，行走已有些困难。他去急诊室挂号，我忽然想起提包里有一张浙二医院的病历卡，前几天刚刚插空给自己看过病。就说：你拿这张病历卡去吧，就不用另外再买一份了。他挂了号回来，从他脸上的表情看，对患者“张抗抗”这个姓名一无所知。然后我和他一起上二楼外科，等候，终于见到医生，简单叙述“车祸”受伤缘由，医生无动于衷，开条让去交费。我忍不住提出了自己最关心的问题：会不会骨折？要不要拍片子？（在我看来，只要不骨折，皮肉之伤就无关紧要了。）年轻的男医师用一把医用镊子，在我的小腿髌骨上啪啪敲了敲，痛快答复我说：这一根骨头很硬，一般情况下不会断，你放心好了。喏，再给你开点消炎药。

立刻放下心来，大大松口气，以为万事大吉。包扎完毕，急着要走。（肚子更饿了）骑车人说还得去交费拿药呢，你的腿不好走，我一个人去就可以了，你在这里等我，我取了药就回来。我正懒得走动，就说那也好，你去你去。就在二楼急诊外科门口候诊的椅子上等。等了一会，未见回来。又等一会，走廊上却走过来一位熟识的老医生。他见我狼狈不堪地坐在急诊室门外，一条裤腿高高挽起并有敷料橡皮膏覆盖，不由大为惊异。问我何事，我三言两语道出缘由，并说看来无碍，正在等那个肇事者给我去取药。老医生神色大变，叹口气说：你也是，这么相信人家？依我看，那个人是不会回来了。

我这才想到，一盒先锋霉素起码也得十几块钱，他假如不回来，我是没地方去找他的。刚才我怎么就没想到这个人有可能不回来呢？我的病历卡还在他手里呢。

这些念头仅是一闪而过。我对老医生笑笑说：不会的，他会回来的，我相信。

老医生将信将疑地地看我一眼。说一句：你有什么事情可以来找我，便走开了。

老医生刚走，就见那个骑车人从楼梯口匆匆奔来，手里拎着一大包药。我想：医生怎么给开了这么多药啊？看来我病得不轻呢。等他走近我，我一眼看见那一大包塑料袋的药里，居然有几盒“六味地黄丸”，不由暗自吃惊：从没听说外伤还得服用“六味地黄丸”呀？把他手里的大袋子接过来仔细一看，里头还有好几种别的药，药名都似曾相识。我纳闷了一会儿，忽然想起自己那张病历卡里头，夹着一张处方笺，是前几天看病后，还没有抽出时间去排队划价交费的。我恍然大悟地问那个骑车人：嗳嗳，你怎么把我病历卡上的另一张药方上的药，都给买了？他刚一点头，我又好气又好笑地嚷道：谁让你买那些药啦？那些药跟你又没有关系的嘛！他低下头望着自己脚尖说：就算是我给你的赔偿吧，我真不知道怎么赔偿你……过几天你还得来医院换药，我会陪你来的，这期间你如果有什么意外我一定会管的……

遇上这么个人，算是我不幸中的一点运气。我想：反正也没有骨折，我才不会跟他纠缠不清呢，这件倒霉的事情，赶紧就到此为止吧。我把裤腿勉强放下，他搀着我下了楼，打车回家。到了公寓大门口，我说停车吧，我自己走进去就可以了。他却坚持非要送我到电梯口。到了电梯口，我又一次朝他挥挥手说你回去吧，我自己能走。（我真的不想让他知道我住在几层几号。）可他非要送我上电梯，说是不亲自把我交给家人，他就还没尽到责任。于是只好同他一起上楼，到家门口按了电铃。正想最后一次同他说再见，他递过来一张名片，说那上面有他的手机和办公室电话号码，我哪天去医院换药，提前给他打电话，他会到楼下来接我……我接过名片，说好了好了你请回吧，没有“意外”我就不找你了……

进得家门，跟父亲简单复述事情经过后，就在厨房里狼吞虎咽地开始吃我盼望已久的午餐。刚端起饭碗，门铃响得急促，一开门，见又是那个骑车人，他手里拎着一大堆水果，放在地上转身就走了。我在他身后喊道：你别那么客气了，我不会找你麻烦的……我开始觉得这个人有点过分了，我根本就没让他赔偿，他干吗这么三番五次地用各种方法赔偿我呢？

腿上的疼痛到了夜里越发加剧，幸亏没有发烧。过了几日，我正在考虑去换药的事情，他又主动找来，说要陪我去。我说换过这次药之后，你就不用再管了好不好？这伤肯定得养一段时间，我自己能对付，不然你这样一趟趟跑也太辛苦了……

于是又一起去了浙二医院，很快换药完毕，我就直接到母亲的重症室去了。分手时我有些感慨地对他说了一句：电动车速度太快了，你以后骑车还是要小心一点喔。

他很认真地说：我会当心的。这次，给了我一个教训。

我本该走了，却又多说了一句：我觉得你这个人，蛮有责任感的，社会上要是像你这样的人多一点就好了……

他连连摇头，急忙分辩说：我也没有那么好。只是……只是因为……因为那天中午我把你撞翻之后，你站起来的时候，连一句责备我的话都没有说，所以我……

是吗？我一时无言。心里暗忖：当时自己肯定是被撞蒙了。

这场“自行车车祸”已过去大半年。腿上的伤口其实伤得挺深，中间两寸长厚厚的结痂，趴在我腿上像一只大甲虫，足足过了三个月才掉。那三个月根本无法冲洗淋浴，只能把右腿架在浴缸边缘上洗澡，很像练功或是杂技的某种姿势。结痂脱落后，在我右小腿上留下了一条半尺长的瘢痕，我那以前还不算难看的小腿被彻底毁了，从此夏天再也不能穿短裙了。

但我心里并不记恨他。母亲病了我被撞，真应了祸不单行那句话。

此后我再也没有见过那个杭州的骑车人。写到这里，翻找出他的名片——这个年轻人叫沈晓程，杭州市孩儿巷海天摄影工作室的职业摄影师。

散文精读·张抗抗 >>

游记

埃菲尔铁塔沉思

在印象的底版中，它只是比一座电视塔略高大些的大铁架；而在眼前视线所及的景象中，它又淹没在巴黎挤挤撞撞的建筑物中间，只露出一个纤瘦的顶部。即使在它附近的“人类博物馆广场”的喷泉边上眺望它，它也似乎只是一个小小的工艺品，甚至，有那么一种受委屈的压抑感。

我总没有想到它竟会如此之高——当你来到它的面前，站在它的脚下的时候，当你尚未抬头，仅仅只感觉到它笼罩的阴影的时候；当你完全抬起头，却望不到它的全部，而要向后仰着身子，扶住你的帽子或眼镜儿，眯着眼寻找天空的时候，你才会确实地明白它的高度，明白它的气势，明白它的骄傲。

这是一个广场、一块空地。它从一个平常的基点拔地而起，不需要铺垫和过渡，那么轻易而又无情地甩下了世俗和浮尘，傲慢地兀立云端，俯视全城……

1986 年夏，我第一次到访巴黎。埃菲尔铁塔是向往已久的一个观光点。

我当然要去登塔。上去寻觅它的眼睛、窥视它的秘密。从塔底部望去，它实在太高了，世人的眼，难以与它平行。我是要上去的，期待一次超越国界的俯瞰，一次没有阶梯的升华。

我凝视它，仰望它，唯独没有、没有膜拜它。我相信它不是不可企及的。它有点儿像一座火箭发射基地，要把它的客人们送往外星球。

我似乎听到了风声在耳边呼呼地响，那些紧张抽搐的风，隔着密封的电梯玻璃拍打我，推动我，如巨鸟扑翼，直贯长空。如一记雷声、一道阳光、一束电波，闪电般地穿过大气层，突破大气层，抛开大气层。我睁开眼，电梯舱像一只透明的铁盒子，塞满了游客。风虽被隔绝在远远的脚下与天上，却依然鞭笞着我的神经。风在这里变成了速度，变成了晕眩——我只觉得地面正在迅疾脱离我的脚跟，如同悬崖上跌落的一块巨石，笔直地、无遮无拦地朝着无底的深渊坠落。地壳在下陷，在沉没，而周围空空荡荡，蓝天像一片汪洋，我觉得自己好似陷入了一个无可攀挂、无可扶靠、无可呼救的绝境，孤立无援微不足道。我有些惧怕，又有些怜悯自己。我为瞻仰它的伟大与雄奇，才执意汇入了登塔的人群，然而我发现，从自己登上铁塔电梯的那一刻起，巴黎便开始庄严地降落，迅速地变得越来越小。我透不过气来，我感觉不到电梯的上升。这透明的铁盒子，快闭上你飞眨般的眼睛，我想出去！

巴黎依然在飞速下沉。我无可逃遁。蓝天在黑色的云缝里闪烁——那些黑色的原始森林一般的钢架，从我的头顶、两侧炸裂般地飞升，就像卡车掠开路旁的树枝。蓝天忽然近了，又忽然远了，远得更加冷酷，似被那一双双黑色的手臂阻拦着。时而又像无数根钢缆铁索，缠绕你，勒紧你，使你永远无法到达那个超然于一切之下的境界。

无意间，我抬头仰视，怦然心跳——我忽然发现了自己是在上升。那钢缆挣断了，那黑手垂落了，那云朵变得浓亮了，可是，透明的铁匣子还在疯狂地往上升，一个劲地向上升，像是要冲破什么，又像是挣脱什么，咯咯地向上，像是咬着牙根的声音，像是绷紧骨骼的声音，固执而又痴迷地向上升。它像是永远也升不到头了，永远也不会停下来了。因为它无论升得多高，仍然无法接近它——那个蓝色的梦想。

我以为自己像火箭一样被发射出去了呢，我以为自己离开了地面就离天空很近了——在我与隔绝的风在一起的那些短暂时光里。

电梯终于悄没声儿地稳稳停下，我们走出了透明的铁匣子。阳光似乎仍然是那么不冷不热，天空仍然是那么不远不近。巴黎城，安然无恙地静卧在绿丛带似的塞纳河两岸。只有小轿车变成了玩具，房屋变成了模型，人呢？可惜我没有带望远镜。

于是我知道铁塔究竟有多高了（虽然我永远也记不清那个数字）——我有多高铁塔就有多高。这是一座有弹性的铁塔呀。

于是我知道铁塔究竟有多大了——“那是巴黎圣母院!”“那是蓬皮杜艺术中心!”“那是蒙马特教堂!”“那是小纽约!”

巴黎多大铁塔就有多大。也许还不止。一本书上说过，万里无云时，在塔顶上可望到外省……

从神经中解放出来的风，无忌地挑逗着铁塔，摇撼它、敲打它。

据说铁塔在风中的最大摆度是十八厘米，而铁塔迄今已历经了一百多年的风雨。站在塔顶上，我以为身体至少会有一些摇晃感，那些朽铁或许会呻吟会晃悠会颤栗。但此时，它却纹丝不动“稳若泰山”，像一座生了根的岩石山体，在巴黎城区“鹤立鸡群”般高耸，成为巴黎的一个组成部分。

埃菲尔铁塔，因1889年在巴黎举办的世界博览会庆典而建。铁塔的设计师古斯塔夫·埃菲尔打破了巴黎老建筑的审美趣味，执意要在古典的巴黎嵌入现代主义元素，展示工业革命的成果——钢铁。铁塔简洁的钢架外形设计、从上到下强有力的全钢结构，超凡脱俗的艺术想象力与革命性，使设计师有充分自信的理由，与古老（或是僵化的）巴黎，做一番时间的较量。

5月15日，铁塔的设计师古斯塔夫·埃菲尔力排众议，亲手将法国国旗升上铁塔的300米高空，为世界博览会开幕典礼剪彩。埃菲尔铁塔，作为一个标新立异的怪物，在众人一片不屑的嘘声里，雄心勃勃地屹立于巴黎老城的古典建筑之中。这位诞生于工业革命的辉煌中的钢铁巨人，就此成为十九世纪的时代标记，再也没有退出人们的视线。

塔顶平台上游人如云，这威严古板的铁塔，我原以为你是拒人之外，高傲无情的，此刻我却发现你是一个不露声色的老父，将那各种肤色各种头发的孩子都拥在你的怀里，一任他们纵情玩乐、观赏，又走散去，天涯海角的游客，好奇地朝你涌来，又把你带回去……

有一对少年在塔顶的窗边接吻，多么高的吻；有一对青年在电梯里接吻，多么快的吻。铁塔是仁慈的，温暖的。假如我不到铁塔来，我将对它存有那么无知的偏见和戒心……

我不知我应该怎样下去，或者说，我希望永远也不要再下去。人到达过那样的高处，对地面便有了淡漠；人有过那样的恐惧，对安全便有了蔑视；人走近过那蓝色的梦想，又不得不回到原处，从此久久回味探险的乐趣。因为那不是山的高度、不是铁塔的高度，而是人在一个多世纪之前的奇特创造，是一个恒久矗立的丰碑。你没有“进入”它，便不懂它的美。

也许有一日它终会化成一堆废铁，但它曾独一无二地存在过。

当它存在的时候，在巴黎城挤挤撞撞的老建筑中，它没有齐肩的对话者。只有风、只有云、只有鸟，是它寂寞的伴侣。无数双温热的手抚摸它冰凉的铁杆，它的内心却依然孤独。

铁塔从没有对人说过，一百年前曾经被保守的巴黎强烈排斥和憎恶的它，后来的岁月里，为什么竟成了巴黎城市的一个象征?

废墟的记忆

它像一头被围在木笼或是栅栏里的羚羊，喘过了那口气，仍然是活蹦乱跳的。西柏林！

幽绿的施伯列河，悄悄穿过这个被一道长长的围墙隔绝的城市，深沉而宁静。水面上曾经的硝烟气息早已散去，房屋阳台上飘来河边树林里花叶的清香。网状的街道，穿梭的车流，如同一个巨人旺盛发达的血脉突突跳动。霓虹灯闭目养神，却也在白日的细雨中发出朦胧的光亮。四十年，是很久了吗？记忆忘却了生活，还是生活忘却了记忆？我不信它没有留下痕迹。是的，不信。我知道我在找什么。那儿——Kudan大街的小广场上，矗立着一座被昔日战争炸去了尖顶的旧教堂……

汽车从废墟旁边疾驶而过，这是西柏林人特地保留下来战前的教堂遗址。在它的一侧，建起了风格截然不同的另一座教堂。

它使人想起一些什么？在这个苏醒的城市里，在这奔流的血脉和废墟之间，似有什么在骚扰你，令人不安，令人困惑。

这只活蹦乱跳的羚羊，脖上挂着一串古老的风铃，叮当叮当，却是现代节奏，将人的神思弄得忽前忽后地错落，总像要想起些什么……

这是抵达西柏林的第二天，安排我去参观一个展览会。我没有时间想什么。事实上我什么也没有想起来。

“那是一个什么展览呢？”我问顾彬。他是位汉学家，陪我去。

“我想，会很有意思。”他回答。想必他喜欢老庄。我越发的虚无了。

“好像是关于中国的。”穗子含含糊糊地插了一句，她是一个大陆来的留学生。

天下着小雨。一条僻静的小街，一幢灰色的五层公寓。门口有一张广告，看不懂那将是一个什么展览。只是被告知，它是一个小型的展览，义务的，不收费。

走上楼梯，走廊里悄然无声。有一点神秘的气氛。淡黄色的墙，空空的，并无中国的迹象。正要进一步纳闷，门开了，霎时，吓一跳，愣在那里——

打了一个照面，是一群墙上的中国人，确切说，是一张宣传画上的中国人。袖章红得刺眼，振臂高呼着。当年一样的激情燃烧，羊角辫、黄军衣、红旗五星……

“红卫兵！”顾彬肯定地判断。

大脑反应不仅迟钝，几乎就要凝固。这一切，似曾相识，似曾熟悉，却又绝对的陌生，绝对的不可思议。在这里，西柏林。

我的脚下是一个偌大的玻璃方柜，里面镶满了大大小小的毛泽东像章，少说也有几百只。金光灿灿铺了一地，晃得人头晕眼花。斜对面是一只大玻璃柜，里头陈列着许多毛主席语录卡片，我瞥见“要文斗，不要武斗”的标语。展厅拐过去，还有……

“我现在可以知道了。”顾彬兴奋地宣布，“这是一个关于中国‘文化大革命’的文化展览。”

“文化大革命”的文化。绕口令？

在国内，还从未有过这样一个词句。

“文化大革命”的文化？那是一次革文化的命的革命。革完命，没有文化了。却依然留下了另一种文化。文化竟是如此顽固的么？文化竟是如此善于繁衍的么？那究竟是一种什么样的文化呢？我突然充满了不可遏制的好奇。

尤其，这是在西柏林，在欧洲文化的围栏中。

我恍然回到了那个年代。一个遥远的记忆，一个眼前的真实。真实得触目惊心毛骨悚然。

一张红卫兵小报，整版印着木刻的群丑图：《燕山夜话》《海瑞罢官》《二月提纲》……那是当年风靡全国的大批判漫画，在这张漫画前我笑过。

一本画刊，满目红色，红的缝隙里是黑。每幅画都有主题："奋起直捣刘邓黑巢""革命三结合好得很"……我买过，十八年前。省下我的零用钱。

一只小小的铅笔盒，盖子上画着飒爽英姿的红卫兵队伍，是在拉练？串联、长征？我曾经多么渴望长征呵。最好是牺牲了回来。为井冈山，为南湖……

一只搪瓷杯，搪瓷剥落了，杯上图案的红字依稀可见：大海航行靠舵手。这不会是我曾经有过的那只杯子吧？它最后被丢弃在农场的土炕上了，怎么到了这里？

一面长方形的大镜子，照出的人脸又歪又丑。只有镜面上的红漆字准确无误："中华儿女多奇志，不爱红装爱武装。"——那时我们都会背诵这些诗词，甚至倒背。其实那时我们根本不照镜子。不照镜子怎么能看见这两句诗呢？但我们只看镜面上的诗词，不照镜子。

一张年画，上面有一盏高高举起的油灯、一件红褂子、一条长辫子、一个小姑娘。一定是这么个题目："从小就爱学英雄"。没错。当年，我买过一本钢琴伴唱《红灯记》，以为那是世界上最美妙的音乐。

还有一只小闹钟，漆成天蓝色，双铃马蹄。在闹钟的钟面上，有一本突起的小红书。我敢肯定当年我从来没见过这样一只小闹钟，否则一定会入迷地希望得到它的。它的时针指着八点一刻。可惜表上没有日历，不知是哪一年哪一天的八点一刻。它终止在这个每天都要经过的时间，在此长眠不醒。

还有那么多那么多的信封，信封上是各种各样而又千篇一律的语录，各式各样而又大同小异的邮票……

还有那么多的唱片：《红色娘子军》《智取威虎山》……

还有塑料雨衣、糖盒、泥娃娃、茶壶……上面都是红字，都是最高指示，都是，都是……

我喘不过气来。

那些镶着金边的大红色纪念章，大如盘，小如扣，像一只只冒着血丝的眼睛，逼视着我。我曾经为了换到一只比我原有的像章大一毫米的像章，“牺牲”我最心爱的意大利风景画片。你们赔给我吗？那无邪又无知的岁月。

还有墙上的宣传画：赤脚医生、女矿工……

太窒息了。空荡荡的展厅里，挤满了记忆的精灵。它们复活了，如此疯狂，如此严厉，如此残酷。它无情地折磨你，让你想起些什么来。亮晶晶的橱窗，好似一面面畸形的哈哈镜，走出无数个十几年前的你——自己和我们。呵，再待下去，我也会发疯的。

“文化大革命”的文化！

五千年的文明古国，何以产生了如此愚昧到不可理喻的文化？

那场噩梦，醒了，会消失；那场灾难，渡过了，会遗忘。那种创痛，那种耻辱，人们不愿再提起。可是文化，从“历史”那棵树上结下的果实，即使被强行掩埋、被抹杀，也还有这些当年遗留的“出土文物”，作为无可逃脱、无从回避的历史佐证；作为一个无法否认的事实，将会同历史一起留下来。

我愤然、震惊、迷茫、清醒，为我在地球的西半球上曾是一片废墟的土地上与它们重逢。无论我们曾怎样地为它们骄傲过，忏悔过，羞愧过，深思过，此刻它们仍然勾起了我内心那样一种错综复杂的痛苦。

如果，如果这是一个中国的现代画展、雕塑展、书展，如果……

记者跟上来，举着闪闪的灯，采访录像，提问：

“你，对这个展览，有什么感想？”

明知是没有恶意的，明知这个展览，是为了客观地向柏林人介绍中国“文化大革命”的真实情况，心却微微地一颤，舌头发沉：

“重现一个过去的事实，比空洞地评论一件事，能启发和提醒人们更多的东西。那是一个我们永远不会遗忘的教训。而作家们，也许会从这一段被扭曲的文化中，找到导致那场灾难的根源……”

“你们有这样的作品吗？”

“目前还没有。但我想，会有的。”

“你认为这个展览有意思吗？”

“当然。我想，如果它出现在中国会更有意义。让更年轻的人去思索，第一次世界大战和第二次世界大战只相隔了十八年……”

我突然觉得有许多话要说，只不过不是对这些蓝眼睛的德国人，而是对我的远在万里之外的同胞们。

进来了一些年轻人，擦肩而过，在展览前低声议论着。

我们走了出去，外面还下着小雨，打在车窗上，像一串惊叹号。

文化是民众共同创造的。像雨水汇成的溪、河、湖，它不允许推卸和原谅。是吗，西柏林?

当天晚上，在顾彬家里用晚餐，喝一种他自己制作的奥地利菜汤，同一位《世界报》的记者、名叫Tonung Ereinig的先生谈起下午的展览会。他的太太是中国人，住在波恩，从他的年龄推算，他太太也应是参加过“文化大革命”的。果然，他对这个问题十分感兴趣。

“我了解，‘文化大革命’砸烂一切的时候，搜集纪念章，就成了当时的中国人唯一的文化活动。对不对?”他很有礼貌地问。汉话说得有点北京味。

我点头，却仍在想着他的话。人类在进化的过程中，创造出灿烂的文明，留下了不同族裔的文化胎迹。文化实在是世间最最不朽、最最打不倒的东西了。那么，也许恰恰是中国当年这“倒行逆施”的“文革文化”，成为日后人们重建新时期文化大厦的潜在精神激素——那一个否定之否定的悲壮历程。

我极想知道，十几年后，有心搜集了这些文化的，是个什么样的德国人。

“是一位叫作Torg Rudo Meinhatd的先生。我的朋友。”他回答。“1980年他在《北京周报》工作，很想了解‘文化大革命’，一些中国朋友就把自己保存下来的东西给他看，还有朋友的朋友……后来中国人觉得这些东西留着也没什么用，还占地方，就把这些东西都送给了他，这样，他收藏的东西越来越多，成了一个收藏家。工作期满，他回到西柏林，整理那些东西的时候，他想到办一个展览，告诉德国人，什么是‘文化大革命’……”

“我能见到这位先生吗?”

“也许能，他要来听你们的朗诵。对了，他希望你看这个展览，因为你是‘文化大革命’的这代人。”

我的心里沉沉地一颤:“可我没有什么东西捐献给他呀，如果我有，我也得留着，说不定，说不定……”

说不定什么时候，我们自己也会办一个展览的。为什么要让德国朋友来做这件事呢？当然，重要的不是展览，而是记忆。也不仅仅是记忆，而是一种挖掘、一种正视、一种痛苦而无情的剖析和反思——对于自己，对于自己的民族，对于这片文化土壤上所生长的体制，以及被体制所扭曲的文化……

雨停了，窗玻璃上留着亮晶晶的雨珠，像一个个逗号。

汽车驶过一道道放射形的街区，整座城市都镶嵌在烁烁烨烨的霓虹灯下。夜的柏林如一只睁开眼的猫头鹰，警觉又锐敏。五光十色的灯海中，忽有一处黑黝黝的暗影，好似一个缺口、一个伤疤，沉陷在街边的暗处。哦，正是那座白天曾经过的教堂废墟。

柏林人说，这个被刻意保留下来的战争遗迹，就像是柏林城的一口警钟，提醒着人们。

我们从废墟前经过，默然，肃然。

柏林墙消失

那堵“墙”初看上去，并不怎样让人觉得恐惧。

就像听过的那些传闻。

墙就那么静静地蹲着，并不显得多么高大厚重，表面只不过是一层薄薄的水泥，涂着灰白色的油漆。上面有五颜六色的粗笔留下的图像、一串串不规则的德文字母连成的句子，还有怪诞的符号和各种图形。我既然无法看懂、无从领会其中隐秘的意趣，便觉得那墙倒像是一壁别出心裁的艺术展览、标新立异的广告牌……

它不如我想象中的柏林墙那般森严、那般威武、那般阴沉。墙下没有铁丝网、没有炮楼、没有宪兵，它实在只是一道普普通通的围墙。那会儿我脑中闪过巍峨的长城，我很想问问谁，这么矮这么薄的墙能挡住什么呢？它真的曾经挡住过什么吗？

也许我就可以轻易地从上面一跃而过，或者穿越它。

但我知道不能。

墙，向着城市的两边小心翼翼地延伸过去，如同一根硕长而又弯曲的巨楔，插入那些从废墟上重建的高楼之中，时而同那条幽幽然环绕全城的施伯列河无声交汇。这座充满了苍凉历史感的界标，一瞬四十几载，划开了东西方两个世界。

面对空旷无人的施伯列河岸，我愕然。

河水沉沉流淌，河上没有船没有桥没有天鹅没有人甚至没有一片树叶。河面灰绿，漩涡在水底暗暗纠缠，涟漪不动声色。唯有一只极小的蓝鸟，闪电般地惊飞而过。

鸟是自由的?

听说曾经有一个土耳其孩子落入河中，但没有人敢跳下水去救他，孩子就那样活活淹死了。因为虽然一侧河岸在西柏林境内，但河道却属于东柏林所有。任何人一旦跳下水去，都会构成“越境”的罪名。

我站在河岸上，不，确切地说，我站在岸边的墙下，肃然。

墙下有小小的墓碑，砌得十分精致的水泥墓地，上面安放着一只只鲜艳的花环，是鲜花，娇嫩缤纷的鲜花。

墓碑上的德文或英文，翻译成中文是：越墙者。

没有姓名，只有年、月、日。

这是一个个年轻的生命，被子弹留在东柏林或西柏林墙下的日期。柏林墙上血迹斑斑。

但是，尽管曾有许多人倒在柏林墙下，还是不断有新的勇敢者，用热气球或挖地道的方式设法越墙，一年年总未间断停止……

我开始怀疑自己对于墙的最初感觉。

后来我登上了勃兰登堡凯旋门下的一座木台，从上面眺望东柏林。气势宏大的石砌大门顶端，耸立着一辆覆盖青苔的金属马车雕塑，马车上站立着一位衣裙飘逸的天使，似欲乘风归去。从矮墙至那些建筑物，中间有一大片开阔的空地，除了几个来回巡视的带枪警察，杳无人踪。

除了墙，还有这块不可接近的真空地带。

远远地，可以望见薄雾笼罩着的东柏林菩提大街，一条很宽很美的大街，绿荫葱茏。

我突然产生了一种强烈地想要去那儿看看的愿望。

但我不能够越墙而过，否则我将永远地留在墙下。

这墙拦阻了我。墙原来并不是一个象征。

1985年夏天，我徘徊在柏林墙下的那个下午，柏林墙似乎还很坚固，很结实。我完全没有预料到，在不很长的五年以后，它竟会那么轻而易举地崩塌、破碎，被拆除、被清理，甚至没来得及让人再看它一眼。

那天，我决意要设法去东柏林。

我对墙的“那一边”充满了好奇。

几天以后，我紧紧捏着护照，穿过那也许叫作海关也许叫作边境的地铁站大厅（是地铁站），我在一间有卫兵站岗的房子里，被一位穿制服的英俊东德男士盘问了一会，我既听不懂他的提问，他也听不懂我的回答。后来他打了一个电话，便郑重其事地在我的护照上盖了一个鲜红的印章，然后挥挥手请我通过。给我的感觉好像又出国了一次。

东柏林！

天下着小雨，清洁的大街被雨水洗得发亮，那些在二次世界大战后修复一新的古典建筑，更显得庄严巍峨。乍一眼看去，我几乎没觉得墙这边和墙那边有什么不同。

带我去东柏林的，是一位德语翻译家李定一先生。他会说流利的汉语和地道的德语。他的父亲是中国人、母亲是德国人，他在中国长大后来到德国，不过他的身材高大魁梧，看上去更像一个德国人。使我十分惊讶的是，他在西柏林工作却在东柏林居住，也就是说，在西柏林挣钱而在东柏林花钱，我想这种生活方式再合理不过了。

李定一先生的夫人是民主德国国家剧院的主要演员，他们有自己的别墅和小汽车。他每天把小汽车开到墙的一侧，然后坐地铁到西柏林上班。我们这次参加“西柏林地平线艺术节”，他作为特邀的译员，出色的同声传译几乎征服了所有的中国人和德国人。

他开车带我参观东柏林城。

他的话不多，脸上有一种耐人寻味的微笑。

后来他说，我们去吃午饭，东柏林的饭，便宜。

吃饭时他问我，现在你觉得墙两边有什么不同了吗?

当然，有些不同。比如商店，不像西柏林那么密，东西那么多；比如马路上的汽车，不如西柏林那么漂亮；公寓楼的外形、建筑物的内部都比较简陋，你说的那些工人住宅区，倒是同我们中国的住房有点儿相似……还有，人的服装和发型，不如西柏林的好看，人们的表情都很僵硬，不过，这里没有西柏林街上闲逛的那种怒发冲冠的“朋克”，没有性商店和无处不在的广告……

还有，这儿的街道比较安静些，不像西柏林那么喧闹和繁华……

面对他，一个在东西柏林穿行的自由职业者，我不知道怎样才能表述得更准确些。

但我知道，我其实想说，尽管墙两边的社会制度和生产力水平不同，但作为使用同一种语言的民族，作为人，他们在本质上，也许并没有什么根本区别吧。

李先生深深地吸了一口烟，眼里有什么晶亮的东西闪了一闪。

天快黑下来的时候，我们走到柏林墙下。

我远远凝望着“东柏林墙”。

在东柏林一边看这堵墙，墙似乎要比那一边显得苍白，墙面上既没有图画也没有文字。穿着灰色制服的持枪警察如雕像肃立，行人远远且匆匆而过。墙和人之间，是好大一片荒疏的空白，一片布雷的禁地。

墙在树丛和草地间蜿蜒，犹如一条细长又干瘦的胳膊，将勃兰登堡门下曾经的辉煌紧紧箍在怀里。更如一道无形的锁链，隔绝了封闭了另一个世界。

我注意到，在墙的这边，在东西柏林共同的施伯列河的河岸这一侧，没有墓碑、没有鲜花、没有墓志铭。而那些无名的死者，恰恰是试图从墙的这一端，走向那里的。

但墙的这端，却连脚印也没有留下。

究竟是先有墙还是先有越墙者呢?

越墙者把血迹和躯体扔在墙的这边，他们的灵魂和希望去了墙的那边。暮色中，那狭窄而粗糙的矮墙渐渐隐没于黑暗之中，我用手触摸到墙面的冰冷和固执。在黑暗中，我仍然感觉到墙的存在。

那天晚上我们去东柏林的一家剧院看话剧。

好像是从其他国家来的一个话剧团，上演的剧目叫作：《飞越杜鹃窝》。

李定一先生说，杜鹃窝在西方是疯人院的别称，这个戏名就是走出疯人院的意思。听说在苏联目前还是禁演的，东德似乎比苏联要开放些。

由于我无法听懂德语，整个演出过程中，尽管李先生时时低声为我讲解剧情，我仍不能肯定地认为自己看懂了这个戏。

舞台上始终弥漫着一种冷峻的蓝色，灯光黯淡，背景阴郁。疯人院惨白的病房、行动机械僵硬的病人、严厉刻板的护士长，这儿的一切一切都是早已被规定被安排好了的。在这儿只有服从、只有沉默、只有循规蹈矩，否则就是无可救药的疯子，永远再也不能从疯人院走出去……

舞台的布景是一个巨大的窗口，如同一个无底的黑洞。

疯子们表情麻木而痴呆，脸上却带着天真的笑容。记得有谁说过，疯子是世界上最单纯的人。

终于来了一位壮汉，他因为扰乱某种社会秩序而被作为疯子送到这儿，他来的时候不是疯子，而在疯人院里变成了一个真正的精神病患者，一个失去理智的愚钝之人。他不再有反抗的欲望也不再痛苦。疯人院完成了它的职责。它如同一架癫狂的机器，把所有落入其中之物统统碾成碎片……

紧张的寂静中，他的一位印第安人同伴，不忍心看着他—— 一个强壮而健全的生命被扭曲成这样，愤怒与醒悟中下决心将他打死，然后跃上那黑洞洞的窗口，越过高墙，毅然走出了疯人院。

疯人院留在高墙之后。

他走出去了，走向阳光、走向海洋……

一直屏息静气的观众爆发出持久热烈的掌声，人们纷纷站了起来，涌上前去，大幕很久才降下。服饰整洁的观众缓缓走出剧场，神情显得越发严肃而沉重。

我不知道这个戏对于他们意味着什么，我只是想，他们一定比我更能懂得他的死和他的出走……

离开东柏林已是深夜，我通过那墙的出口，走向西柏林。墙留在我的身后。几天以后，我就将飞离这个分明相连、却又被墙阻隔的奇怪的城市，回到我熟悉的那块土地。

我忽然隐隐地感觉着一种悲哀。

人在创造了自己的同时也创造了围墙。那么，人类是终究不能够摆脱围墙了么?

那以后很久，我脑中一直萦绕着一个问号：那个夜晚在东柏林看的话剧，难道是一个偶然么？或是巧合?

漫长而又短暂的五年过去了。曾经那么坚固那么森严的柏林墙，在岁月的碾磨与撞击下，终于剧烈地摇晃震颤起来，一夜之间被人们推倒垮塌。昔日的勃兰登堡门下，开放了的边界已成为一个自由市场。那儿正在出售有关柏林墙的各种纪念品。曾经坚硬的柏林墙，被砸碎成一块块水泥碎片，标上价码出售，任旅游者带到世界各地去……

柏林墙究竟是怎样消失的?

我想知道，柏林墙消失以后，是否在原地还留着残存的墙基?

我时常凝视着房间墙上那只精美的柏林城徽，上面有一只憨态可掬的柏林熊。它从茂密的森林中走来，把战争的碎片踩在厚实的脚掌下。没有什么围墙能够阻拦它。

人类也许还将不断地建造围墙又拆除围墙。大山是墙，江河是墙；婚姻是墙，人心是墙。除了墙以外的一切都是墙，可是这世上原本没有墙，也没有界碑。就像台湾海峡，本是一道天然的海上通道。

我只能怀着焦渴的心情，盼望着世上那些人为建筑的“墙”，早早地、快快地消失。

感悟珍珠港

从博物馆的沙盘上看，珍珠港蜗居于火奴鲁鲁岛一端曲折的山岙里，山如屏障，海为通衢，是一处进出自如的天然军港，因而成为美国控制南太平洋地区的重要军事基地。

坐渡船过海，到水上去祭奠丧生于珍珠港事件的美国将士。那座洁白的亚利山那纪念堂，漂浮在碧蓝的海水中，像一艘刚刚升上水面的白色潜艇。

六十年过去，海风早已吹散了炸弹的硝烟，来而复去的波浪扑灭了熊熊战火，燃烧的海水也已恢复了平静。唯有沉默的凭吊者，能听见自己怦怦的心跳。

架设在海面上的纪念堂，整座扁长形的建筑呈中间下凹，两端朝上延伸直至耸立的结构，从肃穆中传递出再生的力量、庄重里透出吉祥与希望，象征着太平洋战争初遭惨败但终告大胜的过程。中央会堂两侧墙体有开敞的窗栏和通透的屋顶，任视线落在何处，都可望见蓝色的大海和天空。“亚利山那”号沉没前的最后一分钟，将士们在浓烈的火焰中，曾用最后的目光与蓝天匆匆诀别。如今，阳光和海风从这里穿过，深情地抚慰着海底的亡灵。祠堂设立在最里端的尾部，在鲜花和国旗环绕中，满满一面大理石墙上，刻写着珍珠港事件中所有殉难者的名字。

——其中有1177名海军将士，长眠于“亚利山那”号战舰，1941年12月7日清晨。

他们静静地躺在海底，列队成行，做了永生永世的战友。有的人在睡梦中还未睁开眼就此永远地阖上了，有的人也许至今还保持着战斗岗位上的姿态。当日军的第一批轰炸机穿云破雾临近珍珠港上空时，美军雷达站报告的讯息，竟被错误地判断为那是从美国本土飞来的侦察机群而未予理会。当日军战机从航母上起飞时，瓦胡岛上的守军战士还处于度假状态，姑娘们在沙滩上跳呼啦舞，那短暂的浪漫即将付出最惨重的代价。几分钟后，大规模的空袭开始，此时，美军太平洋舰队的130艘舰艇，仍若无其事地停泊在珍珠港内，美国海军的飞机无动于衷地排列在福特岛空军基地上，那个星期天，各报还刊登了马特森公司开往夏威夷旅游客船的广告。12月7日那一天，曙光初露风平浪静，只有海上的鲨鱼嗅到了血腥的气息。

阴谋和罪恶就在明媚的阳光下、在有恃无恐的骄傲与轻敌中、在华盛顿的赫尔接见日本使者的时刻，猝不及防地发生了。美丽的欧胡岛在瞬间陷入火海而后迅速陷入黑暗；美军停泊在港湾内的舰队，以及大大咧咧“摆在地上”的那些毫无遮掩的战机，在一个小时内被日军准确的投弹炸得落花流水，日军飞机随即击毁了美军8艘战列舰、9艘巡洋舰和若干驱逐舰，珍珠港美军基地几乎坐以待毙。美军地对空高射炮在5分钟之后才开始还击，引信不良的炮弹落在檀香山市区，欧胡岛一片混乱。当晚罗斯福总统在华盛顿城直到深夜12点半才勉强用过晚饭，他仍然不相信，如此强大的美军基地怎么会如此不堪一击。

在那个恐怖的清晨，整个基地的2403名美国人，灵魂随同硝烟融入蓝天。

“亚利山那”号战舰的甲板被1760磅的炸弹击中并引爆了舰首的弹药库，9分钟之内，战舰与1177名船员一并迅疾沉没。

从白色纪念堂开敞的窗口中望去，犹如置身于罗马竞技场的看台，俯瞰着一场遥远的水上战争——眼前灰蓝色的海水中，隐隐地浮现出当年“亚利山那”号战舰的全部轮廓。它庞大的身躯，静卧于纪念堂底部的海水中，像一头巨兽残留的骨骸。从一侧海面的船尾部，露出战舰锈迹斑斑的圆形炮塔，如一口深井，扎入海底的礁石；当年战舰的旗杆基座依旧矗立，紧靠着纪念堂白色的墙体，在拆毁后重又修复的旗杆上，飘扬着美国国旗。另一侧海面便是船头的方向，巨大的平台没于水下1米左右深处，朽蚀的甲板、舱盖，在海水中清晰可辨，延伸至前方百余米，只是它们从此永远地停泊在这片海域了。60

年前的威风与耻辱，在锈铁残骸的缝隙中一波一波地荡漾开去。

若是从空中看，横卧的纪念堂与竖卧的“亚利山那”号战舰，一白一黄，一隐一现，水上水下交叉叠架，像一座漂浮于海上的十字架。那是我迄今为止见过的最奇特最富创意的水上墓园——就在牺牲者的牺牲之地，追念者与牺牲者同在。

清澈的海水中，五色斑斓的热带游鱼，成群结队悠悠然掠过。它们是“亚利山那”号沉舰最忠实的陪伴者。但它们会对“亚利山那”号说出并不悦耳的实话吗——在这个从未获得真正和平的世界上，“亚利山那”号如果健在，在后来的战争的烽烟里，会遭遇什么样的命运？若是不被炸沉，在另一次海战中，定会奉命去攻击别的战舰，那么，将是哪一艘无辜的船只，会成为大西洋印度洋或是地中海上另一座水上废墟兼纪念堂呢？

凝神注目，从灰蓝色的海面上，无声无息地连续冒出了一滴琥珀色的气泡，浮在水上然后迅速地洇渗开去，一圈宝蓝一圈紫红再一圈橙黄，像是从海底冒出的一朵硕大的热带花卉。只见周边的海域红黄赤紫交织翻滚，将海水染得一片缤纷，像是一幅动感的现代绘画，变幻着时而悲壮时而荒诞，时而诡秘时而调侃的面孔。那色彩继续变幻扩展着，在波浪中漂荡，最外围的一圈已渐渐泛白，如一只巨大的伞状水母，令人惊诧。

朋友告诉我，这是从沉在海底的“亚利山那”号油库里渗漏出来的汽油油星。1941年那个清晨“亚利山那”号战舰被击沉之前，刚刚加满了油。几十年中，在强大的海水压力下，船内的油星从锈蚀的钢板中一滴一滴挤出来，如今已渗漏了整整60年。按照油库储存的油量计算，还将渗漏100年之久。由于沉舰每日冒出的油星并未对周围海域构成污染的威胁，战事纪念委员会不打算对海底的油库进行封闭处理，任由那油星隔三岔五源源不断地浮到海面上，再现当年的战争气氛，成为美国“爱国主义”教育最生动无言的活教材。

那油珠子在海水中一圈圈化开去，做着狰狞的鬼脸，一张一弛的，分明是海底的舱中有人尚在呼吸，那是呼吸形成的气泡。除了呼吸还会有什么能如此持续不断地传递出生命的气息呢？那一刻“亚利山那”号猛然活了过来，它或许从来就没有死过。不死是因为不甘，不甘是由于许多未解的疑问，在后来的几十年间，吐出了一个又一个叩问的气泡。犹如殉难者的鲜血，至今还在流淌。

忽然打了一个冷战。在那次席卷全球的大战中，究竟谁是最后真正的赢家呢？

史上发生过的许多事件，由于邪恶与短视，结果弄巧成拙、事与愿违。日本军方偷袭珍珠港的如意算盘，原是为了摧毁美军的太平洋舰队，使美军再无足够的军事力量干涉日本的侵略计划，可让日本得以喘息并获得战争决定性的胜利。但利令智昏的战争狂人却没有料到，正是由于神风敢死队偷袭珍珠港给美军带来的重创与耻辱，激起了美国人民的愤怒和责任感，使得本来对参战与否举棋不定的美国人，迅速达成了对法西斯宣战的共识，闪电般出手还击，形成了反战的世界联盟。日军偷袭珍珠港的得逞与成功，恰恰成为日本国最后惨败的关键性转折。

悲壮而惨烈的第二次世界大战，由于珍珠港而进入了最后决战阶段。最终，由两颗愤怒的原子弹在广岛、长崎轰然落地，促成了死硬的日本天皇被迫宣告投降。作为一种战争行为，美国在日本本土投下原子弹，是为了给予日本军国主义以致命痛击，否则这一世界范围内旷日持久的武力对抗，势必还将使更多无辜的人死于非命。但正义和非正义在一定条件下会互相转化，自卫的武器也会变成侵犯的屠刀，以暴制暴是一根危机四伏的钢索，暴力一旦过度，必然会走向除暴初衷的反面。在人类历史上，无论正义或是非正义的战争，都是以流血和破坏为代价的。尽管那颗原子弹承载着反击和复仇的使命，尽管德日最后的惨败是它罪有应得的必然，然而，核武器在人类历史上的首次爆炸使用，以及它所造成数十万平民死亡和环境污染的巨大灾难，却受到了全世界人民的强烈质疑和谴责。正是那两颗复仇的原子弹，引发了人类对自身行为的反思，进而对战后的禁核反核运动，产生了深远的影响和推动。

美丽活泼的小鱼们又游过来，钻入了水上弥漫的油污，被那顶巨伞覆盖了。那洇漫的油彩渐渐散开去，圆圈愈来愈大，也愈来愈薄淡。远海上涌来的浪，掀拱着它，犹如抖动一匹残旧的绸布。猝然一击，“绸布”被撕裂成无数碎片，无色无形无声地消融在蓝色的海水中……

人类啊，若是你继续滥用战争，你将从此坠入万劫不复的深渊。

作为一艘注满了油，而后被炮弹击沉堕入黑暗的战舰，“亚历山那”号的满舱能源，成为另一种催人深省的动力。从今往后，留给后人永远的警示——珍珠港。

走过莺声地板

大殿深深，游人如织。人们屏息静气鱼贯而入，放轻放慢了脚步。长廊中宽大厚重的松木地板，生硬而冰凉。初时踩踏无声，忽觉有叽叽咕咕的声响，不知从何处传来。是屋檐下穿行的冷风呜咽么？是庭院里的树枝撩拨着窗格么？停下脚，那声音便悄然中止，飘散无踪；再起步，一声声金属般的叩击，重又尾随而来，像是一串琐碎的匙链，或是不合脚的鞋跟儿，每走一步，都牵动着自己的腰部和脚筋，如影随形。

然而，没有钥匙，更没有鞋子。所有的参观者，都已在大殿外脱鞋，只穿着袜子进入廊内行走。身上更没有任何累赘之物，只有柔软的袜子，无声地落在静谧的地板上。长廊上深褐色的地板漆已有些剥落，在白色的窗纸下显露出斑驳的木纹，像是烙刻的一道道年代印记。一双白色的袜子从眼前轻风般掠过，那诡秘的声音忽又幽幽地响起来……

日本京都元离宫二条城的“将军府”。

二条城“将军府”，即公元17世纪初，驻寨东京的幕府政权，德川家第一代将军德川家康，为保卫京都御所（皇宫），令日本西部的诸侯所修建，其中的二之丸御殿，作为德川家康从东京到京都拜访天皇时下榻的住所。后来第三代将军德川家光，又扩建了二条城的规模并装饰了其建筑内部，还修建了本丸御殿。到了1867年，第十五代将军德川庆喜，就在二之丸御殿内，将政权归还给天皇。1939年，天皇将其赐给京都市政府，1940年对外开放。1994年被确认为世界文化遗产和特别名胜地。

那是一所总面积27.5万平方米、建筑面积7000多平方米的建筑群。其中的二之丸御殿（内城宫殿），由远侍厅、式台厅、大厅、苏铁厅、黑书院和白书院六栋建筑连接组合，从东南往西北方向依次递进，计3000余平方米。巨大粗壮的赭褐色房梁屋檐斗拱立柱，气势恢宏，线条流畅，造型简洁，唐朝建筑遗风尚存；一色黑瓦白墙，庄严肃穆，墙体多以精致细巧的窗格、木条图案作为装饰，别有一种质朴清雅的意蕴。然而六栋建筑的斜线排列，却已打破了中国式庭院结构的方正秩序，“六进”之间以阔大宽敞的围廊相接，遮风挡雨、层层贯通又互相独立，可知日本对“外来文化”的巧妙吸收与改进。

由入口沿围廊依次巡游，内部共33个房间，须铺设800多张草席。最大的正厅有如剧院，空阔旷达。各厅的墙上，依其使用功能与特点，分别以松、柳、鹰、鹭、虎豹和山水画等当年府第门生的作品冠名，室内并无华丽的家具摆设，少有奢靡之气。

那吱吱的声音忽又响起。在寂静而阴森的走廊里，如同一个隐身人拨动的琴弦，在空气中微微颤栗，令人隐隐不安。再走，声音竟是愈发地清晰可辨，略施重力，便从自己以及旁人的脚下，长一声短一声地发散出来。那个时刻，忽觉整个回环的走廊就像是一个巨大的鸟笼，从笼子的底部，发出一阵阵细碎婉转的鸟叫声。

低下头细细倾听，终于明白，那声音是从厚厚的木地板下传来。好似地板下养着一群黄莺燕雀，喳喳地扑腾欢叫着，要从地板缝里钻出来。

这便是二条城将军府中著名的“莺声地板”。

是因为距今300多年的将军府，地板朽蚀榫卯松动，故而发出嘈嘈切切之声么？是由于建筑物年代久远不堪重负，而低低呻吟叹息么？

我也是第一次听说并亲眼见到莺声地板。但我没有想到，这颇有诗意的鸟叫声，竟是因防卫，以及防备内部谋反的功用而起。任何时候——凌晨、夜半、白昼，只要有人在廊中行走，但凡有活动的重力落在地板上，莺声地板自然而然就会发出报警之声。除了飞檐走壁凌空腾飞的神人，任何人的脚底一旦“落地”，几乎同一时间，这高度灵敏的地板机关，立即发出啁啾的莺声，府第一片莺歌燕舞，具有麻痹来者的作用，并提醒主人作出防范和应对。抑或还能成为吓退刺客、擒获叛军的诱捕器。遇有凶险，地板的莺声渐而尖锐急骤，有如自动报警器。

平常的日子，地板是安静与沉默的。即便有侍女与家人轻轻走动，声声莺啼温婉细柔，以现在的说法，是人性化的设计，传递出雅淡的文人情趣，就此覆盖了几百年间宫廷里绝命的厮杀与呼救声。

在长达260年的时间里，掌握着日本国实权的德川家族幕府政权，曾“挟天子以令诸侯”，权倾日本列岛。第三代将军德川家光曾在1639年发布“锁国令”，关闭了大部分海上贸易的港口。在“芦之湖”一侧箱根关隘资料馆内的复原沙盘模型上，可以见到当年由京都至东京的山区通道，严密防守谋叛的重重关卡。然而，至幕府第八代将军吉宗执政时期，幕藩体制仍是不可避免地进入了第一次崩溃过程。曾在德川幕藩稳定期，占有封建统治地位世界观、主张现实社会秩序是不可“变革”的“朱子学派”，开始全面丧失威力。迫使幕府逐步进行了三大改革：“享保改革”“宽政改革”“天保改革”，以期恢复自然经济来阻止商业资本的抬头。但幕府所采取的与时代趋势背道而驰的“复古”政策，仍加剧了德川封建社会的种种矛盾，饥馑与暴动相继而起。日本思想界也因此开始活跃，在百年间陆续历经了“徂徕学”“自然真营道”和“国学”“兰学”等纷争与实践之后，终于通过批判了长期束缚日本的“唐心”（即儒道），而提倡“真情实意”和人与人之间的“亲密无间之情”，而完成了“思想解放”的任务，在平静中缓慢地出现了巨大的变化。随着生产逐渐增长，城市消费日益丰富，水陆路交通的发展，商品的进一步流通，日本近代资本主义因素开始萌芽。

日本前总理大臣吉田茂先生在《激荡的百年史》一书中曾指出：德川时代的太平稳定，停滞和孤立的260年，给日本创造了“社会资本”，打下了近代国家的基础。“……日本于德川时代形成了统一的国家，有了通用的语言，这同样是一项重要的遗产。”武士阶级所形成的官吏制度，也造就了一批具有组织能力的人才，有利于把他们培养成富有使命感和冒险精神的领导者。

1853年，美国准将佩里率军舰开入幕府的咽喉浦贺港，强迫日本开放港口。1860年，日本为缔结日美通商条约，派使节乘美国军舰横渡太平洋，从此驶入了国际现代社会。

人们开始寻求另一种取代幕藩制度的政治力量。此时的德川幕府政权，已是风雨飘摇岌岌可危了。

在空旷的大厅前骤然停步，四周寂静无声。昔日壁垒森严的二条城御殿，如今早已繁华落尽、人去楼空。300多年的历史硝烟、刀光剑影、战车与枪炮的轰鸣声，都被淹没在日本列岛四周滔滔的海浪声中，风消云散。若是没有莺声从脚下传来，将军府显得如此平静祥和。隐约可见阴暗的大厅内当年武士藏伏的卫士房，交错的隔板橱架、壁龛和附书院，拱形的双层折上格天花板，以及色泽依然鲜亮的隔扇画。阵阵凉气袭来，一时思绪万千。

1867年，德川第十五代将军“德川庆喜”，由江户返回京都，就是在这个大厅的一厅，将大政奉还给天皇。这个大厅从此成为结束德川幕府政权265年历史的最后舞台。

那一日，德川家族的最后一代将军，以沉重的步履匆匆走过莺声宛鸣的长廊，地板在他脚下发出痛楚而沉闷的叩问，每一声叩击都随着血液的流动，震撼着这个来历不甚明晰的日本民族之魂。从此不再佩剑的将军，匍匐在地，被迫向天皇交出了家族近300年的世袭荣耀。他以自己的勇气和明智，完成了政权的和平交接，避免了日本国的内乱与流血。

德川幕府陈旧的帷幕终于徐徐落下。莺声渐止，车马稀落，京都古城随着莺声地板的沉寂而空落。天皇亲政之后，果断迁都东京，日本国由此拉开了明治维新的序幕。

昔日将军府的莺声地板，在以后很长一段时间里闲置无用，萧瑟无声。

与此同时，明治维新的步伐，却如汹涌澎湃的海浪，冲击刷新着这个海中岛国。

开放门户、撤藩置县、土地改革、停止武士俸禄、兴办民间企业、建立铁路电信邮、普及国民教育、富国强兵等一系列重大变革接踵而来。日本一般国民对此不仅没有抵触，反而采取了欣然引进西方文明的态度。在历史的重大转折关头，潜藏于后期稻作农耕文明深处，那种早期海洋民族强烈的好奇心与大胆进取精神，正在悄然复活。

随着明治时代绝对主义政权的建立，启蒙专制主义开化政策也开始盛行。曾经统领日本思想界多个世纪，被视为“国教”的中国儒学，首先受到了质疑和挑战。开明学者认为“仅用儒教作为日本道德的基础是不适当的”——儒道把获得利润视为不道德的行为而阻碍生产力发展；儒学者大多保守，使人倾向顽固，不能适应今天的进步；儒道过度遵从尊卑有序、忠孝节义、重男轻女、重视太古而轻视现代；儒道不是“以理为师”，而是“以人为师”，容易养生自以为是的毛病。这种种理论上的不够严密之处，须以“洋药”来加以补充。一时间，废除汉字、改喝牛奶、以牛肉代替米饭咸菜、“东洋道德，西洋技术”的呼声遍布全国……

这是一个天性崇仰先进文明、对优秀文化宽宏大量的岛国。自遣隋使、遣唐使起始，日本人已经显示出主动汲取外来文化的传统性格。明治维新前后，日本国民又以当年醉心于中国文化的劲头，开始争相输入西方文明，自由民权运动在先进的士族知识分子以及广大民众中有了广泛的传播。日本思想史面临着生死攸关的抉择，争端纷起，论辩激烈，经过几十年的批判梳理整合，最终尘埃落定，儒教佛学以变异、折中、修正后的“变貌”勉强存活。

继德川幕府顺从民意还政于天皇之后，也许可以认为，这是日本国第二次重大的改弦更张、自我更新。放弃——再放弃—— 一声惊世骇俗的“脱亚入欧”，终是置之死地而后生。

悠悠岁月，莺声地板只能在沉默中倾听，远处传来海岸线上翻天覆地的喧哗。纷至沓来的脚步，一次次从御殿的边缘擦肩而过。暮春时节，凄美的樱花纷纷飘零，洒落在丰盈的河面上，然后一瓣瓣一朵朵顺水汇入大海。

沿着正厅向前，叽叽喳喳的莺声又在脚下兴致盎然地重新鹊起。过黑书院和白书院，长廊曲折，拐了一个大弯，从黑书院的背后折回，往出口方向迂回返还。一路走去，脚脖上似有铁链捆绑，磨破了我的脚踝，链声叮叮作响，持续不断；抬脚的瞬间，响声暂消，反弹的刹那，却分明听到了嗡嗡嘤嘤的回声，从地板缝隙之下传来。

那回声被自己的听觉放大，竟震得耳膜生疼。

19世纪末，日本国会初立，宪法赋予了天皇以超出立宪君主国家惯例的巨大权限。国力渐强，万事复兴，日俄战争与中日甲午战争的胜利，使天皇的威望几乎上升到神的位置。然而第一次世界大战爆发，国际格局发生变化，日本参战，继而进退维谷。战后经济秩序大乱，丝绸出口减少，地震与灾害，至明治驾崩，形势急转直下。为挽救国内的经济危机与资源匮乏，昭和六年，野心膨胀到极点的日本军国主义分子率关东军侵略中国东三省，继而征伐华北，血洗中原，直至妄图摧毁美军太平洋舰队，偷袭珍珠港，因而招致美军的闪电般严厉回击，日本本土遭受重创，最终成为第二次世界大战的战败国。

令人稍有不解的是，恰恰是在远征邻国的战火烽烟中，京都元离宫二条城，于1940年悄然对日本民众开放。那些日子，莺声地板上留下了无数男女老幼茫然而疲惫的脚印，没人知道今后的路在何方。

隐隐地，竟然听见了莺声的窃窃私语中，尚留有德川幕府封建时代残存的信息。

莺声啼血，莺声如泣。旧日莺歌燕舞的二条城，会被大势所趋的退潮席而去么？

1945年，日本宣告战败。日本国丧失了战前将近一半的领土，经济陷于崩溃状态。养无食，居无屋，通货膨胀，满目废墟。日本国内外要求废除天皇制和要求天皇退位的呼声日益强烈。1946年，昭和天皇发表诏书，宣称天皇不是神，自此，天皇失去了君主制的绝对神权地位。战后的日本在美国占领军的压力下，解除军队武装、废除政治警察、解散财阀、制订宪法，进行了一场“不流血的革命”，从此开始“新政”并步入民主社会。万民一心励精图治，战后仅短短数十年，竟跻身于世界强国之列。

穿越了300年历史烽烟而延绵至今的莺声地板，在沉重而惨痛的打击挫败中，再次被“激活”了。从德川庆喜还政于天皇，到天皇还政于民；从主权属于天皇，到主权属于国民——放弃，又一次放弃，又一次改弦更张，又一次洗心革面。这是一条何等完整的回归曲线，一次何等巨大而深刻的变革，一次何等壮观的飞跃。大起大落、大悲大喜。

莺声地板在我脚下发出低微的震颤，犹如一声声自强的呼号与警铃。

这是一个求实的民族，勤勉而自信、谦卑而又狂妄、顽强却又暧昧。这更是一个善于学习的民族——也许正由于没有历史因袭的包袱与负担，他们从来都是光着脚走过莺声地板，不必担心鞋子会弄脏地板，更不怕地板上的尘土会弄脏了袜子。

走完阴沉的御殿长廊，眼前的清流园阳光明媚。许多游人聚拢在建筑物一侧，屈膝仰脸往地板的结构底部张望——我看见厚重的地板缝隙之间，精心镶嵌的一枚枚铜子与钉眼。时光流逝，那铜子依然发出黯淡的光泽，钉子上略有锈斑，仍是完好如初。按此设计，人一踩上地板，铜子就会上下动弹碰到钉子，而活动中的铜钉在摩擦中，即可发出黄莺鸣叫般的声音。

莺声地板由此得名。

也许“莺声地板”还有更多的弦外之音，只是我们听而不闻或是闭目塞听罢了。若是不悉心辨别，那一声声微弱的回音，很容易就隐失在我们自己的脚步声中了。

椴树花开

这个初夏，没想到我竟在那么遥远的地方见到你。

从我踏上塞尔维亚的土地开始，总是闻到一阵阵若有若无的香气，弥漫在空中。它萦绕着我，紧跟着我，无论往那个方向走，一步步都笼罩在它的香味里。它丝丝缕缕无拘无束地飘在空中，无处不在，忽一会儿好似消散了，忽一会儿又飘来了。拢一拢头发，它落在我的头发上；拂一拂裙角，衣服犹如被香熏过了。空气新鲜纯净，无雾霾无杂质，故而那香味便尤为鲜明，香气略带甜味，是一种善意的友好的气息。

走走停停，寻寻觅觅，四下探望，想知道那香味来自何处。必定有一种强大香源，隐藏在这个城市的各个角落。凭直觉，我猜是花香，唯有花香能够吸引人的嗅觉。这应该是一种开花的树，或是树上的花，就像我家乡杭州的桂花树，秋天开花时节，一座城都香得沉醉不醒。

这棵树应该就在附近，而且，不是一棵树，而是很多棵。

那个下午，浓云正从城市楼顶疾速掠过，阳光聚拢在云层后面，有闪电划破天空。凉风裹挟着树叶与青草的气息袭来，那香味愈发地无顾忌地四下飞扬。

那时我们正步行穿过贝尔格莱德市中心一座小广场，去拜谒塞尔维亚文学史上最重要的作家伊沃·安德里奇的铜像，他曾在20世纪60年代获得诺贝尔文学奖，代表作是《德里纳河大桥》。作品触及巴尔干人痛苦的灵魂深处，对人们的良心发出了哀愁的祈求。在另一部中篇小说里，他描述萨拉热窝夜半时分不同的钟声，以时间的分割暗示夜的氛围，期待人类冲突的和解。他的铜像立于广场一角，喷泉的流水沿着石阶一级一级流淌下去，他忧伤的面容隐没于树荫的暗影下。

广场四周长满了高大的阔叶乔木，小路穿过疏旷的树林，树林里香气四溢。一株株高大而健壮的大树，就在我身边，树高足有十几米，灰色的树干上有直上直下的裂纹，主干向上分叉后伸展开去，树冠蓬松，枝条繁茂，椭圆形的叶片绿得发亮。结实的细枝上，挂满了一串串淡黄色的小花，仅有2—3公分长短，每朵由五个细小的花瓣组成，金丝花蕊朝下，花朵密集，缀成一个小绒球，金丝花蕊朝下，如同一只只精巧的香水喇叭，悬挂在我头顶。摇晃着、喷洒着、尽情挥霍着它浓郁的香气……

其实我已经见过它多次了，在多瑙河边的城堡遗址，在教堂外的花园路边，它们像一个个绿色的巨人、城市的卫兵，一队队一列列，凛然而立。

这究竟是什么树呢？

有同伴伸出手机，踮起脚尖，够着了树梢上开得正盛的一簇小花，拍照，然后用手机上的软件搜索，只几秒，树名与花名同时显现——

椴树。椴花。

原来是椴树！真的是椴树么？

所有有关椴树的记忆，在瞬间被唤醒。

椴树分布于北温带和亚热带，中国珍贵的重点保护植物。别名：火绳树、家鹤儿，在完达山脉及东北的山林里多有生长。椴树的材质细密轻软，胀缩力小不变形，是建筑上的重要材种，素有“阔叶红松”之称。木质白而轻软，纹理纤细，可制作胶合板、门窗、箱柜或用于木刻，还可以做筷子、铅笔、木锨、蒸笼、蜂箱等各种器具，林区居民大多用它来做切菜的菜板……

是的，四十多年前，我见过冬天的椴树。小兴安岭的林场，漫山的深雪。树叶统统落尽了，高大的椴树，在帐篷外不远的雪地上，光秃秃地站立着。灰白色的枝条硬朗舒展，有一种水墨画的淡雅。然而，每天每天，在电锯刺耳的声响中，山林里那些粗壮的红松，还有椴树水曲柳，一片片一株株轰然倒下。粗大的原木，被大卡车一车车运往山外，然后肢解切割加工，制作成各种木器。据说树皮的纤维还可制成麻袋绳索人造棉，甚至火药的导引线……

那年开春前，快要下山回城的时候，连队里每个人几乎都分得了一块椴木的菜墩儿，直径宽达30多公分，厚十几公分，像一块尚未涂上奶油的大蛋糕坯子。我不知道这个菜墩儿对我有什么用处，想象着那些树干笔直的椴树，被分割成了一截一截家常实用的菜墩儿，很心疼很珍惜地把它抱起来。记得椴树截面米黄色的木纹，散发出清爽的椴木香味儿。

听人们谈论椴树赞美椴树，因为它是一种特别有用的树。是的，有用。

后来又听人说，比椴木更有用的是椴花蜜。椴花蜜与我国南方的龙眼蜜、荔枝蜜并称“三大名蜜”。可谓蜂蜜中的顶级珍品。

东北人会如数家珍地给你讲解椴花蜜的种种好处：椴树是一种优良的蜜源树种，椴树花可提取芳香油，椴花具蜜腺，花蕊中含有亮晶晶的蜜汁。椴花蜜色泽晶莹，醇厚甘甜，结晶后凝如脂，白如雪，素有白蜜之称。明清以来，椴树蜜一直是皇家的贡品。黑龙江省林区每年春夏可接纳大量外来采椴树蜜的省内外蜂群，每逢椴树丰收年，仅一个强大的采蜜群，就能采到商品椴树蜜50公斤，因而黑龙江省素来享有“国家蜜库”之美称。用椴花蜜沏的水，晶莹透明犹如琼浆玉液，再放上一撮椴树花，就是甘甜芳香的椴花茶了。

然而，那是20世纪70年代，一个物资极度匮乏的时期，我在林场几个月，椴树可望，椴花无踪，我连椴花蜜的气味和影子都没见，哪怕一点一滴。椴花蜜，就这样成为甜蜜而遥不可及的渴望。

我多么希望能在山里待到七月，让我看一眼椴树花开漫山皆白的盛况。但早春的清雪一场接一场落下，我连椴树发芽的日子也没等到。开春后，我从小兴安岭回了农场。此后很多年，我也再没见过椴树，哪怕是冬天的椴树。只能从偶尔看到的图片中，想象着夏天的椴树绿叶葱茏的样子。

我开始关注椴树，断断续续得到一些关于椴树的消息：由于森林的大肆掠夺性采伐，主要蜜源植物——椴树也难逃此劫，椴花蜜产量已逐年减少……后来的岁月里，我见到的椴树，都以木器的形式出现，它们被制作成了各种精美实用的家具，不再有活的生命。它们在我的抚摸下微微颤栗，诉说着我们共同的疼痛。

很多年后，当琥珀色的椴花蜜终于出现在早餐桌上，我把滑润醇厚的椴花蜜小心涂抹在面包片上，那一刻，眼前椴树花开，蜜蜂嗡嗡飞舞，椴木制成的蜂箱里，浓浓的蜂蜜溢出了蜂巢……

可我仍然没有真正见过开花的椴树。

此刻，在贝尔格莱德，我竟与椴树不期而遇，内心的惊诧与狂喜袭来，如同椴花在瞬间绽放。

更没想到的是，几天以后，在匈牙利布达佩斯老街及多瑙河边，我又一次闻到了椴花浓浓的馥郁。椴花独一无二的芳香，从街道上奶酪洋葱咖啡的气味里跳出来，我已学会辨认它们。布达佩斯尤其布达城的椴树，似乎比贝尔格莱德的椴树更多更集中，在这里，椴树作为行道树，如墙如坝屹立。二战已过去70多年，当年的战火或许曾经把满城的椴树摧毁得七零八落，然而，硝烟散去，和平的年代，它们急切地重新生长，固执地又重开花结果。

此刻，多瑙河的堤岸上，椴树的长阵就像一条长长的绿链，跟着河上的红桥蓝桥黄桥白桥一路随行。金黄色的椴树花一层复一层，层层叠叠，排浪般汹涌起伏。我行走在椴树花的香味里，如痴如醉。

蓝色的多瑙河，在这个季节变成了金色的椴花河。

后来才知道，椴树还是捷克的国树。由于椴树的名字与德语“柔和”一词读音相近，比对欧洲的橡木，椴树是阴性的，被日耳曼人敬为爱情与幸运之女神。晒干的椴花可沏茶，是欧洲人喜爱的饮料，有安神助眠的功效。以前中欧很多地方，村落中心都有一棵椴树，树下是村民集会欢聚，或举行婚礼的场所，椴树花开的五六月，城镇的各种舞蹈节、艺术表演都会在树下举行。由于日耳曼人一直有在椴树下举行集会的传统，法院去乡间审理案子也大多在椴树下进行，大多数村民都会来旁听，椴树因而常被称作“法院树”，或者“法院椴树”。在欧洲人心目中，椴树是神圣的。它不是可砍伐、可利用的优质木材，也不仅仅是花树与爱神。它们被赋予了公正与法治的属性，成为欧洲精神的一种象征。

椴树就这样成为欧洲国家共同的树。椴树花香无形无声地飘过国界自由徜徉，椴树花开的地方，人们平等相待、彼此尊重。

我自此懂得了，北温带的椴树，与亚热带的椴树有着那么多的不同。

我终于见到了绿叶金粉的椴树。遗憾的是，我的耳边竟然没听见蜜蜂的嗡嗡声，也没见到采蜜的蜜蜂。

椴树花开了。可是，那些传播花粉的蜜蜂们在哪里呢?

评论

大写的“人”字

有一日我突然悟出，我的先天性营养不良或是某种维生素过剩，也许都应归咎于那句话。那句话在三十年前就作为父母的座右铭写在了我的掌心。那句话是说：中国现代文学几乎无可一读，要读就读外国文学。

家里果然都是外国文学。从老托尔斯泰到盖达尔，从普希金到肖洛霍夫。除了一套安徒生童话以外，这个外国文学的天地长满了俄罗斯和苏维埃的枞树、浆果和马铃薯。那时候以为外国文学就是沙皇、哥萨克再加苏联红军。这一段近于崇拜的痴迷，在我整个一生的文学信念中，打下了崇高与美的桩子，并在这个根基上建立起对真诚的笃信。少年—青年时代俄苏文学的阅读经验，在我血液中注入的基调是笃信。这也许可以称之为第一阅读层次。然而当若干年后疯长的叶片覆盖了我整个心灵的天空，而将人类自审之光拒之于外时，我才惊讶地发现，一度疏漏了陀思妥耶夫斯基这颗巨星，是多么遗憾的损失。假如我早一点读懂陀氏，也许我不至于那么晚才摆脱幼稚。

然而阅读的经历本身就是人生的经历。我记起那个狂热的60年代末，最初触摸着陀氏作品所感到的那种对苍凉人世的恐惧和怅惘，使我本能地疏远它。二十多年后重读《卡拉马佐夫兄弟》，却在灵魂中引起了强烈震撼，好似自己又重新活了一次，或刚刚从头开始活。因着如同哈雷彗星般回归的《罪与罚》、因着“重见天日”的《日瓦戈医生》和《阿尔巴特街的儿女》，在我临近四十岁的时候，重新意识到俄苏文学依然并永远是我精神的摇篮。岁月不会朽蚀埋藏在生活土壤之下崇高与美的地基，我们拆除掉密不透风的愚昧的笃信，重建开启了疑问之窗的笃信。如果不笃信——笃信在人世的丑恶与伪善之上，还有超越世俗的光荣与爱之神的召唤，人生还有什么值得过的呢？

外国文学之旅的第一层次，结束在1969年夏天，我从家中封存的书籍中，偷出了那本珍爱的《青年近卫军》，踏上遥远的北去列车之时，车轮碾碎了往日的童话给予我的梦想。

那以后有一个没有书籍没有文学的饥饿年代，在冰凉的土炕上翻烂了从家里带来的书。有时会从别人的炕席下冒出一本没头没尾的《高老头》或是《斯巴达克思》。冒着被没收的危险，也许还会摸黑走许多路去别的连队交换。外国文学，天边的一块彩霞，你仰望它、渴慕它，却不可能将它踏实地拥在怀里。头顶沉沉的乌云总是落着失望的雨滴。然而，阅读的第二层次却偏偏开始在这样的落寞与苍茫之中——每年一度的探亲假，回到江南家中，它这个无法囚禁的幽灵便又悄悄走来与你相伴。就从那时候，我开始隐隐感觉到了阅读经历也是人生的经历。壮丽崇高的俄苏文学极自然地从我面前隐遁。狡诈的老巴尔扎克、凄惨的狄更斯、神秘的梅里美、浪漫的雨果陆续向我走来。那阶段我读的几乎全部是英法文学，由于“历史问题”被发落到图书馆去工作的我的母亲，为我提供了阅读的方便（感谢70年代的专案组），我于是好像登山走到了海拔某个高度：阔叶林渐渐消失，只剩下耐寒的针叶林以至最后的高山苔原。书中残酷的世相及复杂的人际关系，撞击着我简单的头脑，并响起一声声痛心的发问。读懂了某本书，恍然发现自己终于长大了。1975年我在上海修改长篇时，我的抽屉里就放着一本一个复旦大学工农兵学员借给我的《简·爱》，她断言我必定喜欢这本小说。事实上我没有爱上简·爱，却引发了对情感的深思。记得我的小说发稿后，当时出版社的负责人问我有什么要求，我竟然毫不犹豫地请求开一张证明，允许我去出版社内部图书馆阅读那些不外借的外国文学名著。那个酷热的夏天，我每天坐在靠窗口的长椅上，一动不动地读着大仲马、小仲马、哈代、罗曼·罗兰。我深爱《德伯家的苔丝》和《九三年》。恰恰是在那一个沉闷黯淡的时期，人文主义的阳光第一次照亮了我混沌的心灵，冲击着多年的思想藩篱。面对窒息的现实，便开始有了不满、有了质问、有了沉思和探询。我确信在那几年以后，即70年代末我走向文坛初期，如泉水般喷涌的那些作品中，所试图表现的人性、尊严、价值观等一切与此相关的话题，都是在那些饥渴的阅读中埋下的种子。如果说第一阅读期在崇高与美的桩子上建起了对人生意义的笃信，那么第二阅读期所建起的便是：怀疑与发问。

尽管后来对英法文学的了解，渐渐延伸至乔伊斯和劳伦斯，延至萨特、罗伯-格里耶、加缪。但在那个极其压抑的环境下生发地对现存秩序的怀疑与发问，在我整个创作生涯中，如登山的鞋子一般与我同行。

1978年以后至今的日子，我想可以算作阅读的第三层次。中国对世界打开了滞重的大门，世界的现代文学宝库亦对中国敞开了大门。在这个令人炫目的文学世界中，最先读到的便是约瑟夫·海勒的《第二十二条军规》。随即是福克纳，是索尔·贝娄，是欧茨，是艾丽茨·沃克……还有回过头去重新注视的海明威和斯坦培克。对现代世界充满了反叛精神的美国文学，使我重新思考传统的真善美价值一元论与个人选择的深刻矛盾，思考人之非理性与行为、生命的关系。这是一次现代意识的重新启蒙。新奇而别有意味的小说形式，亦使我顿悟小说还可以有这样千奇百怪的写法。随后，蜂拥而来的卡夫卡的绝望、迪伦马特的虚无、君特·格拉斯的荒诞，及其他一系列现代德语小说，也为我以文学反思人性的本质、人类生存的困境提供了新的佐证。这一时期阅读的外国文学作品，真是令人眼花缭乱，目不暇接。我在惊喜与狂热中生吞活剥所能读到的新小说，我觉得自己进入了一个奇妙的新世界。然而，各种贴有不同主义和流派标签的新小说，呈现给我的几乎只有一个特征，那就是传统小说秩序的破碎崩溃和重建。小说天地已不再有任何模式和规范。奇异的构思、叙述方式和富有弹性的语言，创造出了一个与现实生活形成强大反差的、极其自由宽广的艺术空间。小说变得无所不可为和无可不为。现代小说自由的灵魂已超拔了它痛苦而荒谬的躯体，而还原为自我实现的可能。它们对我的吸引甚至超过了小说本身，我试图踩着这叶空中之帆，驶越浊浪滔天的人生之海。而如何写自己的小说反而变得无关紧要甚至一片迷惘。

紧接着便是席卷文坛的拉丁美洲文学热。依着好奇与时髦的惯性，我也读马尔克斯、博尔赫斯、略萨……我与职业文人们一道，去探究那块蛮荒之地的民族文化之根；探究从那纷乱无序的小说作法中，重新聚合与明晰起来的讲故事的方法。陷入故事的泥塘之后我一片手忙脚乱。据说没有根的作家根本不能算作家，不会讲故事的小说家也不能算作小说家，于是在拉丁美洲魔幻的阴影下，我终于发现自己从南到北漂泊多年，非但无根也不会讲故事。我的小说等于零？

读了几十年外国文学，读到最后便是如此一个怪圈。

如果阅读最终已经成为一种裹挟你、指使你、支配你的身不由己的时髦新潮；如果阅读不再是一种个人的选择、个人的意趣、个性的默契；如果阅读不再是一种仅仅属于你自己的人生经历，那么我应该早已淹死在浩瀚的书海中、失去自己创作的冲动。我绝无必要在此夸夸其谈。正如我的小说是写给我自己和与我相通的读者，那些遥远的陌生的异国作家，哪一位是为了我而写作的呢？

从屠格涅夫到乔治·桑到杰克·伦敦到艾赫玛托夫，我无法说出我最喜欢的和最不喜欢的作家。我不能说谁是最优秀的和最不优秀的。我只知道世上一定有一本书是真正属于我的。不要用古董搜集者和拍卖行的鉴赏家的眼光去看它们，属于你仅仅因为它发出了你心底久远的呼唤——事实上，这些年在外国文学书海的徜徉中，我捡起的一只只贝壳都已成为书架上的标本，却有两只贝壳依然栩栩游动在我心的海湾里：一只是《一九八四》；另一只是《生活中不能承受的轻》。

当然不会是怪圈。小说毕竟不是画出来的。如果第二层是怀疑，那么第三层便是不再回来的叛逆。

很多年前父母对我说，要读就读外国文学。很多年后才知道这话的原意竟是出自鲁迅先生。先生的遗训对中国传统文化的糟粕发出了质疑，让人深思可读可不读的中国文学到底生了什么毛病？我决无意否定悠远古老的中国文化传统，但对于步入现代社会的作家，更重要的也许是对人自身的认识和关于自由的启蒙。说到底，读人家的书，还得写自己的书；打入地下的桩子上，还得盖起自己的房屋。外国书读得再多，总不至于会脱胎成外国人。怪圈里那股水流倒过来看，也许是一个螺旋体，只看你手中的标尺了。

记得《读书》上有篇文章曾说，中国人首先关心的是做“中国”人，然后才是人，却不知人首先是人，然后才是中国人。我以为极精彩。中国人与外国人，都有地球人无以解脱的共同苦恼；中国文学或外国文学，亦如地球一样，本应是无国界的流通领域。我想鲁迅先生与我父母都是有远见的。更何况，不知人们是否发现，构成外国文学的外语，确切说，条顿语系中的英、法、德语，与汉语之不同，还在于它有一个大写的“人”字，大写的人字是否又恰好为中国文学补上了一处缺口呢？至少在那些为我写的书，和我为别人写的书中，隐隐地表述了这个心迹。

汉语魔方*

很高兴有机会和大家一起来探讨华文文学。华文文学是华人用汉语写作的文学作品，扩展到国际范畴的一个别称。像我这样来自中国大陆本土的作家，一直生活在汉语的母体社会之中，较少体会华文文学这个概念。但到了海外，尤其在马来西亚这样一个地理、气候、文字、制度和宗教都完全不同的国家，见到这么多尽心竭力弘扬和传承着华文文学传统的朋友们，觉得非常亲切。在我们习以为常的母语中，突然产生出一种根性的感觉，宏大、清晰又深远。而通常那种跨国的语言障碍一下子就消失了。如果说汉语是全世界华人用于语言交流的工具，那么华文文学就是全世界华人精神和心灵上超越国界的共同家园。

先简单介绍一下我自己：我出生在浙江杭州市，在杭州长大。在20世纪60年代中国“文化大革命”中，也就是我19岁

---

* 本文为作者1998年在马来西亚“花踪”国际文艺营的讲演稿。

的时候，到东北的一个农场去“上山下乡”，在“北大荒”的这个农场劳动、工作了八年时间，直到“文化大革命”结束，我才到哈尔滨去重新读书，后来一直就生活在北方，近十几年来，住在北京。这样看来，我是一个江南和北方文化的混合物，也可以说是一个融合体，但我的祖籍却可以推得比江南更南些，是在广东省江门市。我爷爷一辈的亲戚中，有许多人去了南洋谋生，有一位我父亲童年的伙伴，现在就定居在吉隆坡。所以，我从小就在奶奶的广东方言、邻居同学的杭州土话以及学校里课堂上的普通话（也就是国语或是华语）这样三种语言中交替生活。去了东北后，我生活在东北话的氛围中，到北京后是北京话和普通话。这多种语言后来一直伴随着我，成为我文学语言的基本来源，由于我这样的经历和背景，我的文学作品的语言，可能会丰富一些，也可能变得芜杂。但至少，我因此对于语言有一种天然的敏感和兴趣。

所以，今天我想着重谈谈华文文学中，汉语词语的使用和发展。

词语是文学作品最基本的构成，就像一座大厦所使用的原材料，是建筑物最具体最细致的部分。而汉语这种全世界独一无二的方块字，它每一个单字都是有意味的。虽然单字的含义早已成熟固化，还有少量的多义字，但是每个单字在历史文化的嬗变中，始终都在不断地重新拼接组合成新的词组。一个重复几千年的古老汉字，可以组成最现代最时髦的词语，几乎具有变幻重组的无限可能性。例如，进入现代工业社会后，产生了录影机、传真机、复印机、航空母舰等高科技产品。但汉语不需要另行创造词汇，它只要把现成的单字拿来重新组合，就可以获得所需要的新词。“航”字古已有之，加一个“空”字就上了天，再加一个“母”字，甲板上就可以停满小飞机了，最后用“舰”字肯定一下，就成了航母，一艘母亲船。这个“母”字用的是绝妙的。

而英语和其他许多语种，每创造一个新的词语，都只能依赖字母这个最原始的语音单位，而字母是中性的、无内涵无感觉的，所以西语的词语大多数只能一次成形孤立使用，没有内在的拆装性和旋转性。于是英语单词就越来越多，并且还得继续“发明创造”下去。

鉴于汉语这种科学的、立体的、可持续发展的绝妙性，我想，也许可以将汉语语词称之为汉语魔方。

下面我想先从文学语言学的角度，举一个小小的例子。

有一次我在街上见到一位外国留学生，他大概是刚到北京，学习汉语的时间还不太长，走过街角上的一个瓜摊，被那个卖西瓜老板吆喝的声音所吸引，就在瓜摊边停留下来。那个老板喊道：“这西瓜没治了！”留学生好奇地问：“没治了是什么意思？”卖瓜的老板回答说：“就是没比了！”他又问：“什么是没比了？”卖瓜的老板很有耐心地回答：“就是盖了帽了！”他越发不懂，再问：“盖了帽了是什么意思？”卖瓜人说："就是拔份儿！"留学生简直糊涂了，只好继续问："拔份儿是什么？"卖瓜人给他解释说："就是震了！"留学生还是不明白，锲而不舍地追问："震了是什么意思？"卖瓜人终于不耐烦了，他这才发现自己面对的是一个老外。想了想，很不屑地回答说："震了，就是最好的意思。"留学生恍然大悟说："你早说你的瓜是最好的，不是很容易懂了吗？"

但是卖瓜人一定不会吆喝说他的瓜是最好的。"最好"是一种字儿话，写字用的话，也就是书面语，是千篇一律没有个性特色的，连卖瓜的人都不好意思使用，在文学作品中，应该属于"禁语"，这类没有形象感和生动性的词语，是和文学无缘的。在生活中我们可以常听见突然在大众中流行起来的新词语，细细琢磨，可以发现它们都突破了原有同义词语的表现能指。

一般来说，我们阅读一部文学作品的时候，即使暂把作者的名字和书名隐去，无论是历史小说还是翻译小说，我们大体上都能看出那是一部产生于哪个年代的作品。这不仅是由作品的叙事方式、行文方式、语感语调决定的，更多的时候，其实是由作品中所运用的词语决定的。每个时代特定的文化背景，产生了许多特定的词语，它被一个时代创造并广泛使用，然后又在下一个时代被淘汰。例如：从经文到格律诗到骈文、赋到八股，文体不断演变，而词语也随之或生或死；从文言文到白话文，更是一次根本性的变革，之乎者也这样的语气用字，进入当代文学，几乎绝迹，因为它已无法承载和传递现代人的生活方式了。“五四”倡导白话小说和自由诗，也是基于文化应当回归和属于大众这样一种现代理念。

所以词语实际上是年代的软性刻度，是历史、经济、文化和生活方式等诸多因素的综合配方，是某种物质文明的印记和标签。词语是不可随意取用的，词语一旦用错，不但破坏了作品的真实性，也破坏了作者的个人风格，我们看一篇文章，若是作者描述一个人不把自己的小毛病当回事，说自己不过是“癣疥之疾”，那么这个人差不多应该是半个世纪以前出生的知识分子。同样，如果形容一个人做事很用心很努力，一般会用“废寝忘食”这个词，若是用“夙兴夜寐”，多半是上过私塾的人了。而到了20世纪90年代，先锋和前卫的作家，几乎就不再使用成语写作了，因为成语的规定性太强，对思想的束缚太多，语言表现力很有限，所以就需要重新创造出一些词语来。这个我在后面再谈。又如，《红楼梦》的后四十回，究竟是曹雪芹的原著还是高鹗或其他人所续，一直争论不休，后来采用计算机分析的现代科学方法，其中一个重要参数，就是根据原作者使用的词语概率来检索、鉴别。尽管至今未有定论，但可见词语的运用是文学创作的基本规律和要素。

20世纪以来中国文学的发展，历史的阶段性很强，留下的痕迹也很鲜明。“五四”以来那种蓬蓬勃勃张扬个性的白话文中，方兴未艾的文化自由主义气氛，三四十年代进步文学所受到的苏联文学的影响，那种革命英雄主义和革命浪漫主义精神，都被一些新创造的词语加上外来语的形式表现出来。到了五六十年代，中国文学创作开始如履薄冰，从三四十年代过来的作家，在写新时代的作品时必须小心翼翼地避免使用旧时代的词汇。比如“钞票”应该改称“人民币”，“民国”应该改称“解放前”或“旧社会”，“老板”应该改称“资本家”或是“剥削阶级”。五六十年代是一个汉语词语大规模意识形态化的时期，一切词汇都被置于政治的统领之下，被赋予革命或是不革命的含义。而“文化大革命”开始后，汉语词语自此更被全面强加上政治和阶级的属性，达到新中国成立以来登峰造极的地步。

那个时期，几乎所有的中国人，都会熟练地使用诸如“光芒万丈”“战无不胜”“旭日东升”“波澜壮阔”“高歌猛进”“赤胆忠心”“前赴后继”“千秋万代”这一类歌功颂德的词汇；还会频频使用诸如“树欲静而风不止”“口诛笔伐”“兴风作浪”“是可忍，孰不可忍”“魔高一尺，道高一丈”这样的大批判语言。尤为荒诞的是，所有这些政治词汇，竟被大量地运用在“文化大革命”时期的文学作品之中。文学被观念阉割，而真正导致文学死亡的正是它自身细胞的死亡，一个词语一个句子的腐烂。一旦构成文学的文学词语，被全体置换成为一潭死水中的腐殖质，文学也就不复存在了。“文化大革命”是汉语发展史上的一场大浩劫和大悲剧，它将那些中性的、理性的、生动的词语，统统改造成极端的、非理性的，空洞的言辞。可谓是“化玉帛为干戈”，以词语布阵，唇枪舌剑，字里行间充满了人与人相互残杀的血腥气味。直到现在，我们还能从某些文章中读到似曾相识的“文化大革命”语言，就像一根没有藏好的狐狸尾巴，或是一片干涸的水塘，在泥土和草根的裂缝中残留着险恶的陷阱。所幸今天在座的朋友们，没有经历那么可怕的语言污染。从某个角度讲，没有被政治污染的语言，是优质矿泉水，所以海外的华文文学语言，虽然经常受到所在国外来语的一些影响，但仍然具有一种较为纯净的汉语语言魅力。

“文化大革命”语言在“文化大革命”结束后，逐渐退出了历史舞台，它死亡的速度和国门开放的速度成正比。许多“文化大革命”时期像灰沙一般漫天覆盖，使我们呼吸窒息的词汇，犹如尘埃落定，被无情地删除冲刷，那种驱逐和替代是迅猛而必然的。偶尔间，我还能从自己在20世纪80年代初创作的一些旧作中，发现一些“文化大革命”时期遣词造句的痕迹，如同洪水退后留在残垣断壁上的水印，让人觉着隐隐的悲哀。整个大陆新时期的文学史，可以说是一部分词语消亡、另一部分词语更新的历史。80年代前期与后期，文学作品中出现的词语都有很大差异。平庸的作品一般总是充斥着陈旧的词语，即便用词华丽，仍是俗不可耐，而富有才华的作品，通常会出现一些带有创造性的奇言绝句，乍一看，其实那词语倒也平常，但若是将一个平常的词语安放在地势险峻的要害之处，再加以巧妙的组合，往往会产生奇效。

前面我已经谈到，人类的语言始终处于生长状态，不生不灭，随生随死。除了特殊的政治环境以外，更多的由于受社会进步和经济发展的制约，属于价值观念的转换，是观念的产物。比如我们大家从小熟知的汉语成语，就是最有代表性的例证。成语是汉语在几千年的文明积淀中，逐渐凝固并基本定型的词语，被人们在生活和文学中广泛、重复使用，可以说是“相看两不厌”。

但是近年来的文学作品中，成语的使用率已大大下降了。一方面是由于作家喜欢追求标新立异，不愿躺在前人的树荫下坐享其成；二是因为成语的出典和运用过于程式化，容易限制人的想象力，三呢，确实是因为有一些成语，已经不符合我们当代人的生活方式和价值标准了。

举例说，“人定胜天”这个词，曾经风靡一时，许多人都确信不疑人类的力量是可以战胜自然的。但是随着高科技和工业文明的发展，随着地球环境的急剧恶化，人类开始认识到人只是自然的一部分，人应与自然和谐共处，而不是盲目地企图统治它战胜它，事实上也不可能绝对地战胜。再如“不入虎穴，焉得虎子”这句成语，如今不敢乱用，顶多只是借来做个比喻。从环境保护的角度讲，捕捉老虎是违法的，你想跑到虎穴里抓虎子，那不是找罪犯吗？还有“井水不犯河水”这句成语，也有问题了，被化工厂严重污染的河水，很可能就通过地下水的渗透殃及井水啊！

再说“为富不仁”这个词，在海外华人中应该也是妇孺皆知的。在中国大陆出版的词典里的词条解释是：想发财致富的剥削者绝不会有好心肠。这个成语是农业社会出品的，体现出几千年传统观念对商品经济的偏见，与“无商不奸”这类俗语如出一辙，现代人恐怕很难苟同了。每遇到天灾人祸，慷慨解囊援助灾区的，往往都是那些先富起来的人，能一概而论说他们没有好心肠吗？资本原始积累时期，奸商尚有机可乘，一旦纳入现代经济秩序，商贾和企业家依靠的是实力、智慧和信誉，如若“不仁”，几乎难以“为富”。于是，这个词语在当下社会就死定了。

还有“挑肥拣瘦”这个词，在大陆一向很流行。意思是吃饭的时候，光挑肥肉吃，把瘦的肉拣出来不要。这种情形如今除了贫困地区，在城市已经很少见了。出于健康的因素，大多数人都想把肥肉拣出来不要，挑瘦的肉吃。养猪场还搞科技攻关，专门发展瘦肉型的猪，出售价格高，经济效益好。如果再比喻一个人找工作挑三拣四，恐怕也不适宜用“挑肥拣瘦”这个成语了。同类的词语还有“见异思迁”，意即看见另一个事物就改变原来的主意，意志不坚定，喜好不专一。但是事实上，一个人不能一辈子安于现状，总想不断改变自己的处境；假如有一个人见异而不思迁，只能说明这个人对任何新鲜事物都缺乏好奇心，是一个墨守成规的人。见了异物异人，迂不迂另当别论，“思”一下总是可以的吧，也不是见异必迁嘛。

诸如这类在当下已显得老旧而迂腐的语词，我还可以举出一些，例如“玩物丧志”“短兵相接”“山盟海誓”“盖棺论定”，等等，都具有严重的缺陷或残疾，收藏古董字画是艺术鉴赏，钓鱼陶冶性情，下棋修身养性，电子游戏也非一无是处，玩得适当，可锻炼心智脑力和反应能力。现代战争例如海湾战争，不仅不再“短兵相接”，而是远程导弹、航空母舰，敌我双方连个人影都见不到，几十个小时战争就结束了。在婚姻如此脆弱，随时可能解体、重组的当今社会，“山盟海誓”除了审美的价值，究竟还有多少实现的可能？“盖棺论定”更具有某种欺骗性，我们看到许多正直的人，死后并未得到公正的评价，而有些作恶多端的人，却在葬礼上得到名不副实的谀美之词。所以盖棺并不能论定，因为活着的人需要用他人的碑文为自己立传。论定一个伟人的功过，往往是要到棺木朽烂了的若干年以后，即便到了那时，后人也仍然争论不休。

以上所举例证，只是想说，当我们面对时间不断制造出来的那些语言垃圾，唯有决然将其摒弃抛却。一代又一代人死去了，许多不再具有生命的词语也随之死去，没有人赋予某个词语永生永世的生存权利，它的生死全在于社会进程的自然选择和淘汰。古文中许多生僻的词语早已不再使用，只是出于审美和研究的需要，它们像化石一样封存在词典里；有些词尽管被保留下来，但在文学作品中已不再是它原来的意思，我们经常可以看到当代文学作品中，传统的褒义词和贬义词的用法互相置换，正词反用，反词正用，作为某个具体词语的生命，有时是在否定中得到新生的。

进入20世纪90年代，语言学的状况变得更为复杂。先锋小说和前卫艺术的进一步冲击，几乎在每一个词语的缝隙里，都发生着颠覆性的"革命"。现代主义宣称上帝死了，后现代宣告人也统统地死了。这个世界再也没有任何值得人们崇敬、膜拜、神往的人和事了。

20世纪90年代初，大陆文学中最有代表性的作家是王朔，我们只要读一读他那些与众不同的小说题目，便可以对他的作品有所了解。他的小说是由这样一些篇目组成的：《顽主》《玩的就是心跳》《橡皮人》《千万别把我当人》《一点正经没有》《我是你爸爸》《过把瘾就死》。这大概可以算是王朔对自己人生观的系列阐释了。在这些题目中，传统意义上的词语几乎难以辨认，词汇已被京派语气和玩世不恭的句式湮灭。这是王朔个人化的语言风格，却又传递出青年一代对于崇高、神圣和权贵的强烈蔑视，以及对主流话语的消解。在许多60年代以后出生，被称为"新生代"的那些青年作家眼中，什么"爱情""激情""恋爱""正义""高尚"这样的词语，实在是太古老了，简直没有存在的必要。

于是，90年代风行流传的民间新词语，就像春天的毛毛雨、夏日的阵雨、秋天的暴雨，从丘陵和山峦中奔突泉涌，汇流成溪，源源注入于华文文学古老的河道。它们最初是以口语的形式出现，具有实用的品格；继而被作家吸收，作为一个时代、一个民族最灵敏的标识，来为文学作品调整和确定现代文化意识的方位。新词语的发生和创造是无法阻拦的，它是经济作用于文化，最直接最鲜明的反馈。

先以北京为例，有“猫儿腻”“套瓷”“蹦迪”“起腻”“晕菜”“没治了”“托儿”“做局”这一类的新民间土语，如果不做翻译，差不多像外语一样难懂。“猫儿腻”的原意是像猫一样藏匿起来，简称猫腻，意指某种不便示人的内情，含有舞弊、捣鬼的意思。“套瓷”是千方百计拉关系的意思。“蹦迪”就是跳迪斯科，更简单明了形象上口。“起腻”的“腻”字，源于腻味，不舒服想呕吐的感觉，意即献殷勤让人讨厌，也可泛指被人骚扰。“晕菜”是搞得人晕头转向的意思。“没治了”的“治”字，是治理制伏降伏之意，“没治了”即好得没有办法反对，无可挑剔。“托儿”专指假装成对某伪劣商品感兴趣的人，帮助卖主欺骗顾客。“做局”意指生意场上策划一个假项目，引诱别人来投资，即所谓“空手道”战术。这个词还泛指非法和不义的诈骗活动，相当于设圈套设陷阱。北方话语在大陆一直是作为官方语言——普通话的主导出现的，比如四大古典名著中的《红楼梦》《水浒》，使用的就是北方语言。再如京剧、话剧等主要剧种，也都是北方话。北方话语作为汉语书面语的主导语言，在中国大陆文学作品中覆盖面最大，传播也是最广泛的。比如说南方新词语“生猛海鲜”，一旦被北方人接受，马上就成为一个普遍流行的词汇了。

广州的新方言是各地所有方言中，流传最多最快的。像台风一样四处登陆，北上西进，成了语言的硬通货。比如说“酷”。酷字源于英文的Cool，寒冷的意思，在英文俚语中又指很好、特棒。这个词在港台媒体译成中文的时候，就成了“酷”，既顾及了音译，又有冷酷和厉害的意思。比如年轻人在评价日本影星高仓健一类的冷面小生时，就可以说：“哇，他好酷！”再比如说“炒鱿鱼”，是卷铺盖的意思。“搞定”是把一件事情办妥的意思。“搞搞震”是指故意捣乱，把事情弄糟。其实许多新词语的意思，我们原有的词典里都是有的，但新词语更贴近我们现代的生活方式。大陆词语中的“拼搏”，港台叫“打拼”；“作态”叫“作秀”；“盗版”叫“翻版”；“激光”叫“镭射”。意思差不多，但大陆人喜欢使用港台的名词，多半因为港台是经济发达地区，似乎赶上时髦自己也就变得时髦了。还因为人都有追求新鲜感的本能，更喜欢听觉和视觉上的刺激性。

我这次来吉隆坡担任马来西亚“花踪”文学奖的决审评委，在评选“马来西亚华文小说”的甄选奖和推荐奖的过程中，阅读了大量的“马华”小说作品。我感觉中国大陆作家和“马华”作家的小说，除了构思和内容以外，在语言风格上的差异也是很明显的。几位得奖的“马华”小说作品，语言普遍具有一种优美和从容的韵味，少有盲目投靠先锋的燥气，在词语的使用上显得朴素而自然，我以为是非常可贵的。

以上大略介绍了汉语词语的现代发展历程和走向。词语的频繁更替，是全球性都市文化的一大特征，从语言的层面上，展现了当代政治、经济、文化诸多领域的现状和走势，显示了人们当代意识悄然嬗变的轨迹。现代高科技的迅速发展，计算机技术的突飞猛进，使得华文的文字终于被分解成为符号与数据，经过中文软件程序的分析处理，用敲打键盘的数码代替了文字书写。但未来的文字是否还将被图像所代替？我们只能怀着亦喜亦忧的心情，静观这个不断发达而又愈加疯狂的世界。

最后回到我讲演的主题，我想说，汉语词语在现代社会中的嬗变，像一个可以无穷组合的魔方，为我们提供了种种光怪陆离、千姿百态的前景。我们用那些被优秀的民族文化传统千锤百炼保存下来的经典词语，来架构华文文学这座宏伟的大厦；我们还必须使用新型的建筑材料，来完善它充实它。我希望，无论这个汉语的魔方怎样旋转，词语怎样更新，我们都应将它驾驭得更加得心应手，用更生活更文学的语言，描摹人的心灵世界，传递人类的文化精神。

打开自己那间屋的门窗

英国女作家弗吉尼亚·伍尔芙说：女人要有一间自己的屋。

这间属于自己的屋，自然是女性独立的标志。因为我们首先要有一定的经济实力，将这间屋子租下来或买下来。在这个有锁的房间里，我们身心独处不受打扰，也可以随时约会想见的客人；在自己的房间里，我们能够随心所欲做自己喜欢的事情，包括拉上窗帘写作。

自己的一间屋，象征着现代女性所渴望的自由空间。但是，女人拥有了自己的一间屋之后，那是否就是我们全部的生活呢？

按我个人的理解，那间屋的含义会更立体些。它并不意味着女人要把自己关在里面，并不意味着一种与世隔绝的姿态。它不是一个牢笼，不是一个封闭的禁地。那间屋当然有一扇通往外界的门，可以使我们来来往往、出出进进，随时出门走到广阔的田野山川去。那间屋还有一扇巨大的玻璃窗，阳光可以充分地照射进来。若是站在窗前，我们的视线可以望见云彩、飞鸟，以及很远的地方。这扇可关可合的门与窗，是女人在安静长久地使用这间屋子的时候，与外界保持联系的渠道。

借用这间屋和门窗的关系，我希望自己已经基本上表达了现代女性的生存理想，以及我本人对女性写作的态度。

西方女权主义的发展道路，同中国20世纪的女性主义曲折历程，恰好走了一种倒置相反的方向。当西方妇女还在争取女性基本权益的初始阶段，新中国的建立，即以革命的名义立法保障了妇女就业生育等基本权利。对封建历史上“男尊女卑”的传统观念的反抗，使我们对“男女都一样”的人格地位平等，具有强烈的渴望；但是到了20世纪70年代，所谓的“男女平等”完全被政治化了，“男女都一样”作为革命的工具被强化到极端，女性的特质被逐步清除，承担起男性的角色。

这种抹杀性别差异、权利与人性的分离所产生的直接后果，造成了中国妇女在很长一段时间内的严重异化。改革开放后，在中国本土逐渐生长起来的女性主义，开始对“男女都一样”这种特定历史条件下被扭曲的文化思维与模式进行了全方位的质疑与挑战，希望找回女性自身的特质。在文学创作上，表现为新一代女性作家对自身情感和心理的重新关注。新时期文学中，那些当时最活跃的女作家们，作为女性意识最早的觉醒者，塑造了一系列新女性的文学形象，为后来的女性文学发展开凿了最初的通道。

20世纪90年代以后的女性文本，开始着力去描述和表现男人和女人“不一样”的那些生命基因。她们从女性立场去判断外界事物、用女性的眼光感知生活、用女性的话语表述内心情感。女性作家天生具有非常敏感和细腻的感受力，能够对那些被男性忽略得极为细小的事物做出反应。今天的新锐女作家群体，像春天的花朵一样遍地开放，形成了中国当代文学的一道绮丽的景观。20世纪80年代之前那种残酷的非人的政治风暴止息后，被抛在舢板或小舟上的女人，开始在阳光下长驱直入自我与个性的绿岛。作品中的性爱描写，从身体进入精神的层面，被寄予审美的厚望。性活动以及女性自我赋权的“身体写作”，已被视为女性价值实现以及女性解放的重要途径。市场经济正在逐步消解着“父权”，但与此同时，顽固的“夫”权却正“变脸”为商业的面孔，现代女性所面对的生存境遇、婚姻和性关系，在女性文本中都展现出更为丰富的姿态。

是性别的差异让我们回到了女性写作。这种女性的视角，我理解为“自己的一间屋”。这是一个立足点，也就是说，这间屋子是一个充满了女性色彩的心灵空间。用伍尔芙的话说：“人只需走进任何街道的任何一个房间，便可感到女性的那种极为复杂的力量整个地扑面而来……须知这几百万年以来，妇女一直是坐在屋子里的，因而到此刻连墙壁都渗透着她们的创造力。”所以，当我们打开门窗时，那些微妙细致柔软活跃的女性元素，就会从门窗里飘散开去，使得外面的空气也充满了甘甜的女性气息。如果没有这间屋，我们就没有一个属于自己的居所；如果没有这间屋子安顿我们的心灵，我们会寻寻觅觅无所依傍，目光散乱无序。女性视角是我们与生俱来的身体感官，更是一种把握人生与文学的独特能力。也可以说，是一种女性潜意识宣泄流通的出口。

然而，新的悖论也无情地随之而至：如果说女人只能并且只应该从事“小女人”或“私人化”写作，岂不是承认文学的宏大叙事只是一种男性写作的特权？如果女性所关怀的世界只有身体和性，只有爱情和自我，那么是否等于印证了历史上男性对女性的歧视，而将男女共有的天下拱手相让了？如果说在商业时代的文化消费中，女人的身体本来就被男性当成一种性工具和性对象，那么，女性的身体写作，是否会成为对“男性窥视”的自觉迎合？

由此将引发更多的问题：女性主义是否是女性写作的唯一选择？女性意识是否应该覆盖女作家关注人生的全部目光？若是女性文学像残疾人运动会那样，建立一种仅供自己欣赏的独立评判系统和标准，又如何去打破以男性为中心的社会秩序？过于狭隘的女性立场所带来的局限性，恰恰会使我们的作品大大减弱对男性的影响度，如果一个女作家能够关注自身以外更为广阔的世界，岂不是将获得更多与男性平等发言的机会？

我们真的需要一种所谓的“主义”来框定女性写作吗？

我曾说过，1985年之前中国没有成形的女性文学，因为女性文学所应当包含的女性性心理、性意识以及各种女性经验，在当时都是不可涉足的禁区。事实上，在很长的一个历史阶段，女性只是一个被借用的人物外壳，作品中的女性意识是被抑制和贬损的。20世纪80年代初的思想启蒙，为中国的女性文学发展扫清了思想障碍，只有当“人”的尊严被重新确立之后，女性文学或女性主义从此才有了安身立命之处。到了20世纪80年后期，更多的年轻女作家们，才有可能在一个相对开放的外部环境下，在解除了大一统的政治压力和计划经济的束缚，在多元文化状态下，轻松地折返女性自身。这是中国女性文学逐渐走向成熟的一个不可忽略的历史条件。但这并不意味着，对于女性写作，应当单独建立一种完全不同于男性写作的评判标准；更不能认为，在文学这个男女共享的领域里，应当割出一块封闭的领地来专供女人游戏。

在我看来，这种画地为牢的文学分类，构成了女性写作的误区。

我想简单地陈述一下自己的写作道路，借此盘点整合自己的思路。

我在1950年出生于杭州的一个知识分子家庭，从小受到良好的教育和文学熏陶。我的阅读开始得很早，小学和中学的作文一直得到老师好评。1966年“文化大革命”开始，学业中断，1969年我离开杭州，到黑龙江一个农场上山下乡。在农场劳动八年，1972年开始发表关于知青生活的作品，1977年到哈尔滨学习戏剧创作。从1979年至今，发表了大约四五百万字的小说和散文作品。

新时期文学之初，“文革”留在人们心上的伤痕，促人猛醒催人发问。真实的生活渴望并呼唤着文学真实的诉说，人们试图通过文学寻求人的尊严与价值，文学成为作者与读者共同的精神出路。因而，我的短篇小说《爱的权利》《夏》《白罂粟》，中篇小说《淡淡的晨雾》《北极光》《塔》，发表后受到比较广泛的关注。从20世纪80年代中期至90年代中期，新时期文学进入了实验阶段，出现了许多带有前卫和先锋色彩的新小说。我在对人性重新认识的基础上写作了长篇小说《隐形伴侣》（1986年出版）。还有中篇小说《第四世界》《因陀罗的网》《沙暴》，短篇小说《流行病》《无序十题》《斜厦》等，这些作品吸收并借鉴了一部分西方现代主义的创作方法，试图丰富自己的艺术个性。至20世纪90年代中期，市场经济逐步建立起以读者的需求为依托的运行机制，中国当代文学的道路被整体性拓宽，文学的多元化格局基本成形，多种文学风格和艺术思潮的作品各领风骚。1995年我出版了长篇小说《赤彤丹朱》，表现年轻一代对历史的再认识和对中国老一辈知识分子命运的重新思考。1996年，出版了长篇小说《情爱画廊》，意在表现物质化和商业化的时代，人对爱与美、对自由精神的渴求。我的三部长篇小说，可以说反映了我在时代进程中，对社会和自我认识的三个阶段。《隐形伴侣》是对我们这一代人个人身份的清理；《赤彤丹朱》是对体制的反省，对历史的忧患；而《情爱画廊》是面对20世纪90年代市场的挑战所做出的积极尝试。近两年来，我写作了中篇小说《残忍》《银河》以及《工作人》系列，内容扩展至城乡边缘，写作风格回归于平实与朴素……

若是以我个人体验来探讨这些，我想说的是，在我的生命中，性别苦恼实际上很少对我构成心理威胁，我的忽略是因为自己早已超越了那个阶段。我对“女性意识”一直有着本能的认同，那是天然的没有受到破坏的东西，它融合在我的血液中，成为我生命的基本元素，而不是一种防卫或出击的武器。引述一位女性主义学者的话来印证我的分析，那就是：一个从不把男权放在眼里的女性，通常不会成为一个女性主义者。在我的作品中，我的兴趣早已不在男女关系的对峙，以及对男性的“指控”上了，我更关心的是“自由”——这种自由的完全获得，必定与男性世界密切相关，也就是说，只要男性或女性有一方觉得不自由，两性和谐与人的自由就无法真正实现。

需要特别说明的是，我以上的发言，绝没有对当下的女性文学有任何贬抑的意思。在一个多元文化并存的状态下，女性文学应是千姿百态的，每个人的创作个性都需要得到充分的尊重和理解。我的忧虑来自当下的某种性别屏蔽意识，我认为将那些纯粹描述女性生活的作品当成女性写作的范本，是狭隘的；更不赞成女性批评那种“削足适履”的批评方法，将女性立场这一原本模糊的概念，作为衡量文学作品优劣的标尺。

我比较认同女性写作中应当更为自觉地运用女性视角这一说法——在我们自己的一间屋子里，安静地思考与自省。用思想的火把光芒，照亮自己的灵魂的深沉悲悯以及肤浅虚荣；我们会在作品中说出女人的美丽或是平凡，聪慧或是愚昧对自己究竟意味着什么。然后，拉开窗帘，敞开我们的门窗，让新鲜的风吹进来，让明亮的阳光透进来。我们将走到外面广阔的天地去，用女人的心去感受除了男人和女人的关系之外，人与现实世界的更为复杂的关系；并将我们的眼光放射出去，看到高山、大海和更远的地方。我们将在女人优美的文体与语言表述中，传递出女人深切柔情的社会关怀、人文关怀与人类关怀。我们将在自己的那间屋里，书写男人与女人共同的历史，创造有利于自己和整个世界的文学。

正因为每个女人都会按照自己的愿望、审美品格和实际需求来选择和布置自己的那间屋，所以每个女作家“自己的那间屋”，都会呈现出迥然不同的模样。有的房间会寂静无声，有的房间终日里摇滚乐如雷轰鸣，有的房间里挂满了漂亮的衣裙，有的房间主人或许有收藏陶瓷或是匕首的爱好，有的人把墙刷成白色粉色绿色蓝色或是黑色，有人贴壁纸也有人用木板装饰成一个森林小屋。所以，女人在自己的那间屋子里书写的文本，当然是异彩纷呈、风格各异的。因此，我十分赞成伍尔芙所说的："在文学创作中，如果以任何方式有意识地以女人的身份来说话，那么对她来说将是毁灭性的。"写作是一种精神活动，在文学创作中，真正主宰着我们的，是艺术个性和艺术创造力。因为每个人个性的差异，实际上远远大于性别的差异。我仍愿意用伍尔芙的话来作为本文的结尾，她曾这样说："保持自我比任何别的事情都更为重要。"

他人意识

20世纪中叶曾被一度极端化了的中国式“集体主义”，在世纪末逐渐分解以及还原为对个人和个体的尊重，初步建立起个人的权益保障系统之后，“我们”——这个在计划经济时代使用频率极高的语词，已被更为普遍的“我”所替代。

我喜欢说“我”。也因此欣赏其他的那些“我”。如果没有“我”的确立、没有无数“我”的合作，“我们”必定是空洞、脆弱，空心化以至于不堪一击的。

然而，在“我”和“我们”之间，是以“他人”作为连接点的。

“我”因“他人”而成为“我”；“我们”因“他人”而成为“我们”。当“我们”过度地强化、放大“我”，而舍弃“他人”的时候，“我”便处于四面受敌的孤立无援之中。

在我们国民的传统习性中，“他人”这一概念，更多情况下，只是一种被供奉的虚设牌位。我们的成语中曾有“以邻为壑”一词，可以佐证。有“只扫自家门前雪，哪管他人瓦上霜”的谚语，可以证言。即便在集体主义理想教育最为鼎盛之时，“他人”不仅未能成为国人的自觉意识，“他人”反而意味着告密、背叛、异己、危险、离间等等。这种专制体制下的集体主义文化，终于导致了“他人即地狱”的严酷后果。闻“他人”而心颤，近“他人”而丧胆。也许正是由于对“他人”的恐惧，“文革”之后，“我们”迅速土崩瓦解，“我”自仰天长啸——而“他人”却不得不退出公众的视线，淡化为一个可有可无的虚词，成为公民道德的模糊地带。

50年代以来，人口的高速增长，造成生存空间的高密度化；人口压力长期形成经济发展与卫生保健的沉重负担；部分农村以及偏远地区的计划生育仍然阻力重重。“我”生我的娃，管你么事？在人口问题上，可有“他人”的意识么？

餐馆大肆收购、杀戮、烹煮野生动物为牟取暴利；食客面不改色食用野生动物以饱“口福”或炫耀财富；官吏不惜以野生珍稀动物作为最高规格的宴席，“贿赂”上级领导为自己铺设升官晋级的阶梯——在这个破坏自然生态的“人链”中，可有“他人”的位置么？

长期以来，城市与乡村的公共卫生系统始终没有得到真正重视：办公室的脏乱差、公共场所的日常消毒防护、公共厕所的洗手设备、污水处理、生活垃圾等等。但公共卫生的管理者与被管理者的心态，却有着惊人的共识：这又不是我一个人的事情。在这些被忽略的公共卫生死角中，可有“他人”的概念?

日积月累的民众生活卫生习惯中，沉淀下多少宁死不改的恶习陋性——随地吐痰、随地大小便、随地抛弃果皮塑料袋，就餐分餐制、自助餐始终难以推行，酒后驾车、公共场所吸烟等等……“我们”的传统文化是“不患寡，患不均”——在这利益与灾祸均享均沾、“同甘共苦”的行为惯性中，可有愿为“他人”避免灾祸而自控自律的一份责任感?

我们似乎一直在无意中铺设着迎接它到来的无障碍通道。

然而，在公共领域里，“零距离”是有害的。距离便是“他人”。而“他人”即社会公德。因为在这个世界上，除了“你”和“我”之外，地球上更多存在的是陌生的“他”——他人！还有“它”——与人类共存的动物朋友们。

正是为了“我”的安全与自由，请不要再“惟我独尊”，而多些对“他人”的关爱吧。

“我”的自由是他人自由的终结。而他人的自由，最终才能成为“我”的自由。

感恩与愧疚

唐代诗人孟郊的《游子吟》，至今已传诵千年。

而今天的世界，有了更多不停地走来走去、永远在路上的远行人。

也许是求学、也许是谋生；既是拼搏、却也是无奈。我们把年迈的双亲留在家里，然后远走高飞，去寻找自己的一方天地。

在谋生的疲惫与艰辛中，我们盼着千里万里之外，父母慈爱的家书和乡音带来慰藉；然而，在成功的喜悦中，我们可曾记得父母那焦虑与牵念的眼神？

无论我们走得多远、离家多久，无论我们失意失败或是风光得意，总有两双饱含泪水的眼睛，远隔千山万水，始终在默默注视着、追踪着我们。她不会因你一时的荣耀而忘乎所以，他不会因你长久的挫败而沮丧懊恼。他和她只关心你是否平安无恙、是否健康快乐、是否能顺利成长。他和她只有一件事藏在心里不说：孩子，你什么时候能回家看看？

那就是我们的父母。严父慈母或是严母慈父——许多年中，你是否能感觉到在那平常琐碎的日子里，父母的仁慈与仁爱、宽容与忍让？在远行的旅途中，你是否能时时想起他们的克制与等待？我们可曾为自己对父母的疏忽大意与冷漠麻木，感到过愧疚？

而现实世界里——茫茫人海中，那些与“慈母”和“游子”有关的身边之事，却也许被我们轻轻掠过甚至置若罔闻。若是翻开报刊或是点击互联网，竟有那么多触目惊心的事实，令人惊骇，发人深思：

—— 一个极度贫穷的家庭，为了让考上大学的儿子交上学费，父母亲轮流卖血挣钱。几年里父母亲所卖的血量，能以桶装。儿子进城后却迷醉于时髦的生活方式，以父母卖血的钱挥霍摆阔，父母流干了最后一滴血，贫病交加，儿子却离校出走，音信全无。当媒体终于找到这位浪荡“游子”之时，他甩下一句冷冷的话：那是他们应该做的！

——父母从小对女儿疼爱有加但管教甚严，女儿长大，沉迷于物质享受，多次向父母索取钱财，遭拒后竟然杀心顿起，亲手将熟睡中的父母杀死，然后将家中财物席卷一空一走了之。缉捕归案后，对自己的罪行毫无痛心悔改之意。

——边远山乡，一生辛劳的父母年迈，丧失了劳动能力。儿女将其弃于黑屋不顾，而外出“打工”逃避。黑屋无水无暖，多日后被邻居发现，老人已经冻饿而死。

——都市城镇，父母甘愿为生病的儿女捐献出自己的肾脏、献出自己的角膜、献出自己的骨髓，只为能挽救儿女的生命。而父母病危之时，远方的“游子”却因事业正忙一再延误行期，归来时父母却已经永远地闭上了眼睛……

当然，也有更多感人至深的故事，在记忆中挥之不去：

—— 一位退休的普通工人，家境并不富裕，但为了让母亲在生命最后的日子能看看外面的世界，自制一辆三轮车，将母亲安置妥当，然后蹬车驮母风餐露宿周游全国……

——患有老年痴呆症的父亲走失，变成盲目流动的“游子”，牵动了全社会的关注。为了寻找父亲，全家兄弟姐妹暂时放弃了生意，成为寻找父亲的“游子”，直到父亲回家。

——很多的普通“游子”，奋斗的动力之一，便是报效父母多年的养育之恩。一旦在外事业有成、境遇好转，随即将父母接到自己所在的城市团聚，让父母安度晚年。

—— 一位年轻人，母亲早逝，由父亲含辛茹苦独自一人把他养大，当他终于考上了省城一所大学之后，父亲却因积劳成疾在老家瘫痪。为了不麻烦亲友，不耽误自己的学业，他毅然决定“背着父亲”去读书，租住在学校附近的小屋，早起晚睡、业余时间打工挣钱，亲自照顾父亲，端茶喂药，精心侍候，使得其父渐渐恢复健康，被传为佳话。

——春节的车船永远爆满永远拥挤，远行的游子在车站广场上苦苦哀求，只希望能得到一张哪怕全程无座的车票，也要在年三十夜赶回家中，与父母一起吃顿团圆饭……

每次看到、听到这样的真实记录，泪水都会溢满我的眼眶。

还有很多很多，我所无法一一记住、一一得知的，隐藏在每个人心底的秘密。那些辛酸而又温馨、叫人想起来心中为之颤栗、疼痛的故事。

面对倾其一生心力，节衣缩食培育了我们而不求一丝回报的亲亲父母，我们可有一份真挚的感恩之心？

“慈母手中线，游子身上衣。临行密密缝，意恐迟迟归。谁言寸草心，报得三春晖。”

孟郊，浙江德清人，曾远行江苏、洛阳为官。该诗为“迎母溧上作”。

德清，我的外婆家。童年时的每一个寒暑假，妈妈都会带我乘上小火轮，去那个桑田青青、河港盈盈的洛舍小镇看望外婆。

十九岁那年，我却抛下隔离审查中的父母、离舍外婆，告别杭州去了北大荒，成了一个远行的“游女”。迄今三十余年，一直在北方定居。

游女现今已成“北佬”，每年仅有一两次匆匆回杭州短暂探家；而我的父母为了让我安心从事自己喜欢的事情，对此从无怨言。

永远不会忘记在北大荒的日子里，是父母一封又一封厚厚的家书，支撑我度过了寒冷与寂寞；透过弥漫的风雪，我看见遥远的父亲一次次骑车去杭州南星桥铁路货运处，为我托运装满食品的纸箱；探亲的日子，母亲为我借来一本本“违禁”的经典名著；幼稚的写作尝试开始于那个秋天，母亲走了很远的路，带我去九溪观赏刚刚移植来杭州的橄榄树——“不要问我从哪里来，我的故乡在远方。”我初学写作的胆怯融化在母亲温暖的手掌里，从此有了自信和持久的恒力。

我拥有一位真正理解我爱护我的慈母，是我一生最大的幸福；我对这个世界充满感激与感恩之情——为我拥有如此热爱文学、性格坚韧的父母。

然而，亲爱的外婆至今已经离开我们二十多年了。在我的《赤彤丹朱》那部长篇小说中，有过这样的段落：

> 许多年中，我漂泊四方，浪迹天涯，但无论在何处，我都会梦见外婆。外婆从不说话，外婆只是一次又一次地出现，像一只无声的舢板，从我的脑海里轻轻划过，消失在海的深处。醒来后我长久地回想梦中的情形，总是怅然……一片白云飘过，小草在微风中瑟瑟摇动。我看见外婆手里拿着一张浅绿色的汇款单，笑容满面地从镇上的小街走过。她似乎有意将手中那张纸片，任风把它吹得哗

哗作响——春谷嫂，作啥去呢？路边的熟人问。——去邮局，我外孙女从东北寄钱来给我了，喏，你看这汇单……外婆逢人便说，她喜气洋洋地穿过热闹的街市，走向镇西头的邮局。那是一张15元的汇款单，我仅仅只寄过一次。但那天却成为外婆一生中的一个重要节日。外孙女的赠予是一个意外的惊喜，因为外婆从未这样要求和盼望过……

远方的游子，我不相识的读者朋友们：相信你们每个人都深藏着自己一份未了的心思——关于思念、追忆、恍悟、自审、忏悔，还有真诚的感恩之情。

千年的孟郊在那个美丽的江南水乡德清，以他不朽的诗作，呼唤着人类的爱心——慈母之爱，游子之爱。即便是父母的错爱也该原谅；父母偶尔的失误，也能用真诚的爱来化解。在这个充满欲望的物质时代，还有什么比人类的良知与爱心更为宝贵的财富呢？风高浪急路途凶险，孤独的游子只有这一份最可靠的护身符。

汉语的创新表达*

今天的议题是有关“一带一路”的文化交融和创新表达。汉语创新表达及可拓展的内容极为丰富。正如德国地理学家费迪南·冯·李希霍芬于19世纪出版的《中国——我的旅行成果》一书中创造了“丝绸之路”这一名词，在后来一百多年时间里，逐渐被中国及周边国家延伸充实，最终固化为一个充满美感和想象空间的汉语词语。丝路的缘起、承继、发展、成熟，是不同族裔交换经济成果的贸易史，也是异质文化交流融合的历史。在遥远的秦汉时期，山高水远路途艰险，没人知道沙漠的尽头是什么，大海的彼岸在哪里。欧亚大陆的草原绿洲和城市，中间隔着茫茫沙漠戈壁海洋，驼队与商船不仅是探路者、输送者而是意味着道路本身，每一天每一步都是向死而生的冒险。

柔美的丝绸与干旱的沙漠、香醇的茶叶与荒凉的草原、精

---

* 此文为作者2017年9月19日在“丝路文化发展论坛”的讲演稿。

美的瓷器与粗粝的戈壁——以上这些词组，在“前丝路”时期，它们几乎毫不相干：丝绸与大漠、茶叶与戈壁，如同冰火两重反差之大。但经过两千多年岁月的剧烈碰撞与磨合，广义上丝路的东段已经到达了朝鲜、日本，西段至法国，将中原、西域与阿拉伯、波斯湾、地中海紧密联系在一起，通过海路还可达意大利和埃及。北京大学邓小南教授曾经提出“草原文化带”这一理念，意即“丝路”已由最初的商贸动机，生成为一种高于经济利益之上的文明形态，例如宗教、建筑、音乐、雕像、服饰和语言，相互影响最终彼此依存直至水乳交融。所以“草原文化带”不仅是一种地理概念，更是丝路沿线的“非物质文化遗产”。在那一条条看不见路基的无路之路上，我们看到了不同民族几千年求新求变的探索精神。

我在20世纪50年代出生于杭州，我的外婆家德清县，是江南“丝绸之乡”的原点之一。作为一个当代文学的写作者，也作为中国曾经那个封闭僵化年代的亲历者，对于开放包容的“丝绸之路”，怀有天然的亲近感。千年的丝路通衢，是真正意义上时间与空间的交叉“穿越”。尽管，古代文明与现代文化“两河”的交汇点已然模糊，但我们仍然可以辨析出那些曲曲弯弯的河道，如何生生不息地朝着太平洋大西洋或北冰洋奔腾。文化的渗透必定是双向的，中国古老的文明之所以保持了生机勃勃的活力，是在传播中国优秀传统文化的同时，大量吸收了外来文明。

全世界所有的文字系统几乎全都是拼音文字，唯有中国的汉语是表意文字，字形字意千古不变，但重新组合之后就可以产生出新的词汇。例如“葡萄”，这是汉代从西域引进的新物种。后来以葡萄为词素，逐渐构成了“葡萄酒”“葡萄干”“葡萄糖”等新的语词。汉语在成长过程中，对汉字影响最大的是佛教，印度文明东传到中国之后，汉语对应佛学的那些专有名词，例如罗汉、菩萨、佛陀、菩提、皈依、净土等，逐渐被创造出来。汉语新语词无须重新造字，只须重新组词，文字的翻译，亦即语词创新的过程，极大地丰富了中国文化的多元性。

汉语文学的创新表达，除了新颖的故事构思、新型的人物塑造之外，其中重要的元素之一，便是语词的更新。古老的汉字通过语词的重组，淘汰业已消亡的旧词，不断激活汉语的生命力。近年来，那些使用频率较高的热词，例如“给力”“雷人”“众筹”“颜值”“爆棚”“创客”等，有些来自外来渠道，还有很多是由中国本土民众自创的社会方言、民间语文组成，其中有些新句型和时髦语的“梦幻组合”一夜走红。现代信息社会的跨地域、跨时空属性，决定了互联网传播的快速便捷，已成为新语词、新语句的重要语源基地，各种新语词的流行令人目不暇接，使汉语成为一个充满活力的创新系统。例如“表情包”“卖萌”“酸爽”“秒杀”“灌水”“弱爆”等，具有形象、幽默、简洁、生动传神的表现力、反讽的趣味性和模糊性、夸张的新鲜感，其中有些新词被当代文学作品吸收、运用。对于那些健康的网络词语，应持有兼收并蓄的胸怀。

20世纪末互联网传播之初，海外汉语界便重组了“网路”这个新语词，网路意指网上的路径与通道，与大陆的“网络”有异曲同工之妙，可谓生动形象，故而一直沿用至今。“网路”时代的“新丝路”，除了航空、铁路及海上运输的物流，更重要的是用卫星和光纤输送的数字信息和图片。不同民族的文化需要互相学习、借鉴，更需要深层沟通和相互理解。语言的发展变化，正是人类文明的演进过程。也成为21世纪的“新丝路”，译介传播汉语的新课题。

多情却被无情恼*

今年香港第29届书展论坛的主题是“问世间情为何物”。这个“情”字在我们每个人生活中都是最宝贵的，也是文学和艺术的生命。“问世间情为何物”一句，出自金末元初著名学者元好问的《摸鱼儿·雁丘词》。他16岁那年去参加科举考试，途中在汾河岸边，一位张网捕雁的农夫告诉他，早上他捕捉到两只大雁，杀掉其中一只后，另一只逃脱的大雁在死雁上空悲鸣哀叫，久久不愿意离去，到后来甚至撞在地面上殉情而死。元好问听完后，唏嘘不已，于是向农夫买下两只死雁，埋在汾河岸边，称之为“雁丘”。大雁的生死至情，强烈地震撼、感动了元好问，于是写下了这首流传千古的《雁丘词》。词的开篇便发出了石破天惊的一声诘问：问世间，情为何物，直教生死相许？元好问本要咏雁，却从“世间”落笔，问自己、问世人、问苍天，究竟“情是何物”？“生死相许”是何

---

* 本文为作者2018年7月在香港书展论坛的讲演稿。

等深挚的真情。而他在“生死相许”之前，还加上了“直教”二字，更加突出了“情”的力量。

元好问这惊天一问，问了八百多年，今天我们还在谈论“情为何物”。可见“情”的内涵很难一语界定。人类的理性约束，很少有人能为情“生死相许”，然而我们时时都处于为情所困为情所惑为情所忧的情境中。汉语中与“情”有关的成语和语词非常多，比如：情深意长、情意绵绵、情不自禁、情有独钟、情何以堪、情缘、情种、情痴、情圣……但凡那些吸引人感动人的文学作品，总是和情有关。20个世纪90年代中期，我出版过一部长篇小说《情爱画廊》，在深圳签名售书，排队的读者快要把室外的临时柜台挤破了，还出动了保安维持秩序。一部爱情小说，何以闹出那么大的动静呢？因为在大陆，经过“文化大革命”，人和人之间“情断义绝”，亲情友情爱情，都被狂风暴雨消灭了，读者渴望“有情”的小说，尤其是爱情。90年代的大陆，像《情爱画廊》这种纯粹写爱情的小说刚刚开始“可以有”，这部书由于涉及一点点性爱而颇受欢迎。那时候我还年轻，四十多岁，有兴趣尝试写爱情小说。如果是现在，我大概也写不出“情爱”小说了。

我今天选择的演讲题目是：“多情却被无情恼”——我想谈谈“无情”，因为讲“多情”的已经很多了，我就讲一点“无情”吧。我们曾经历过一个“无情”的时代，后来经过四十年改革开放的修复养息，多情归来，尔后渐至虚情伪情滥情，最后走进了一个更加无情、冷漠甚至无耻的年代。这前后两种“无情”的表现形态虽然不一样，但彼此之间有着必然的因果关系。这个容我后面再讲。

我们先来看看“多情却被无情恼”这个句子出自何处。这是宋代词人苏轼的《蝶恋花·春景》中的最后一句：笑渐不闻声渐悄，多情却被无情恼。

从表面上看，这是一首伤春词。其作于何时有种种推测，大抵是苏轼被贬岭南后所作。作者通过对残红褪尽、柳絮吹又少、无巢可归的燕子、春意阑珊的暮春暗淡失色的景象描写，借惜春伤情之名，写出了内心的失落感、远行途中的失意心境。其中那句著名的“天涯何处无芳草”，其实是一个疑问句，对一个满怀政治抱负的人来说，对每况愈下的社会现状，深感忧虑和不安。这首词用了墙里墙外、佳人笑声、多情无情这些简明通俗的意象，以自我解嘲的口吻，表达了作者对韶光流逝的惋惜、宦海沉浮的悲叹和浮生颠沛的无奈。作者慨叹“多情却被无情恼”，这个“恼”是因苏轼内心的“多情”而起，是作者在嘲笑自己为官的清正和对忠诚朝廷的“多情”。而那个“无情”，借喻了佳人荡罢秋千离去后墙内外的空寂，意指自己遭遇的不公命运。他在这首词中所流露出的对“无情”的哀怨，不是普通的男女之情，而是他的热心肠与那个冷世界的冲突；是理想主义与功利主义、耿正人格与奸佞官场的冲突。世界上所有的“烦恼”，大多出于“多情”，男女之情，亲友之情、师生之情等等。如果苏轼不是“多情”地希望做好官为民谋利，就不会屡屡被“无情”所伤。中国传统文化讲“重情重义”，也就是说，在“情”之上，还有一个“义”字。义通常高于情，这又带来了情和义的冲突。

我们来看西方经典文学作品，如何表现“多情”与“无情”的关系。法国作家维克多·雨果以法国大革命为背景的《九三年》，是一部典型的西方人道主义代表作。这部几乎没有男女之情的小说，主要由朗德纳克侯爵、侯爵的侄孙郭文子爵、西穆尔登政治委员，这三位男性之间的历史渊源、现实对峙及情感纠葛构成。简单复述小说概要，故事发生在1793年，代表封建复辟势力的朗德纳克侯爵，被秘密派回法国发动农民军叛乱，却发现逮捕他的通缉告示签署人海岸远征军司令官，正是他的继承人、侄孙郭文子爵。而国民公会派出的远征军政治委员西穆尔登，曾是一位教士，后来成为一个冷酷坚强的革命者，也是郭文子爵少年时期的家庭教师，他把自己的知识、信仰、道德、理想、感情都教给了这个贵族子弟，郭文是西穆尔登在世界上朝思暮想的唯一亲人。在一次共和军与叛军的厮杀中，西穆尔登用自己的身体又一次拯救了郭文的生命。这三者之间的关系具有一种强烈鲜明的爱恨情仇。故事的后半部分，在一次郭文指挥的战斗中，朗德纳克侯爵的军队几乎全军覆没，被迫逃到他的家族废弃的一座旧碉堡里。需要说明一下，那是一座基墙厚达十五尺的圆形高塔，出口只有一个墙洞。高塔与高地由一座石桥相连。侯爵的残部把被国民军收留的饥饿农妇的三个孩子带入其中作为人质。这座高塔下层堆满干柴、柏油，第三层置放干草。而从桥上进入城堡的厚铁门的钥匙，就放在侯爵口袋里。共和军先锋队在郭文的指挥下，从墙洞向高塔内的国民军发起猛烈进攻，朗德纳克侯爵眼看防守无望，带着几个人从壁上一个能转动的石头暗门逃跑了。负责断后的一个国民军战士在临死前，点燃了一根预埋的硫磺引线，桥头的城堡顿时大火腾空而起，火光惊醒了留在城堡里的三个孩子的母亲佛莱莎，她大喊救命，但是共和军被阻拦在高塔之外，没有钥匙打不开铁门，又没有梯子爬上去，为救不出孩子而焦急万分。那时朗德纳克侯爵分明已经脱险，到达了安全地带，但他也听见了佛莱莎和孩子们的哭喊声，犹豫片刻之后，他转身朝着城堡方向走，手里拿着钥匙，打开了高塔的铁门。之后，他的白发在火光中闪现，然后从楼里的墙洞竖下一架梯子，把三个孩子一个个送下来。最后，他束手就擒，被共和军俘获，押在城堡的地牢里。

政治委员西穆尔登连夜召开军事法庭会议，定于次日处朗德纳克侯爵绞刑。然而，朗德纳克侯爵用自己的自由换取三个孩子生命的举动，却使得胜利者郭文子爵深受震动，郭文经过痛苦的思考后发现：在绝对正确的革命之上，有一个绝对正确的人道主义原则，这是上帝赋予他的责任。他决然放走朗德纳克侯爵，而把自己留在了地牢中。为了这一严重的“违纪”错误和革命者不该有的仁慈行为，西穆尔登不得不按革命法律判处郭文以绞刑。施刑的前夜，西穆尔登来到地牢中与他亲爱的孩子郭文一同进餐告别，内心充满了矛盾。天色微明，当郭文被执行绞刑的同时，一声枪响，西穆尔登也绝望地结束了自己的生命。

《九三年》用冷峻而克制的手法，探讨了“无情”的革命，与“多情”的人道主义的纠葛，把“多情”与“无情”的道德伦理冲突推到了极致。朗德纳克侯爵是革命的“敌人”，他曾残忍地下令把俘获的巴黎联队士兵全部处死，是一个“无情”的“反动派”，但他尚保留着人性的尊严和高尚的贵族精神，在孩子们即将被大火吞噬的时刻，他明知这一行动会导致自己被俘，却“多情”地返身去救那些孩子。郭文子爵是一个屡建战功的青年指挥官、坚定的革命者，却偏偏留有半颗柔弱的心，从不杀死已经趴在地上投降的人。当他与反动的朗德纳克侯爵的保王党军队作战时，坚强善战骁勇无情，但当他目睹侯爵放弃逃跑在火中救人的场景后，被敌人的“多情”所震撼并引发深思，他开始质疑大革命滥杀无辜的“无情”，决定以自己的生命作抵押，“多情”地放走了侯爵，自己去接受军事法庭的审判。而郭文子爵的恩师西穆尔登，他将郭文视为自己的生命和骄傲，却不得不恪守“宽恕反革命的人就是反革命”的信条，“无情”地处死了郭文。在革命发生前，他曾是一个高尚忧郁而又博学多才的教士，内心深处依然充满人性的“多情”，最后他终因无法原谅自己的“绝情”而开枪自杀。

雨果把法国大革命中三种不同人物的复杂关系，凝聚在同一个时空里，不是东方文化的“情”和“义”，而是西方伦理学的“情”和“理”。这个“理”就是“绝对正确的人道主义”原则。我们看到，在波澜壮阔的法国大革命中，无论是贵族、教士、司令官、平民，无论革命者还是所谓的“反革命”，人性的本质都是“有情人”。他们为什么冷酷无情？又为什么舍弃生命去维护那个“有情”？虽然我们不能简单用“多情”与“无情”来涵盖这部经典杰作，但我们因此看到：在绝对正确的“无情”之上，还有一个绝对正确的“多情”。如果把人的“多情”，包括对大自然一切生灵的多情，无情地践踏剿灭干净，人类就走到绝路上去了。

现在我来谈谈自己的小说创作。我在20世纪70年代末，写过一个短篇小说《白罂粟》，讲述“文革”期间的两个知识青年，在一个曾经的“劳改农场”下乡，生活艰苦经济困顿。有一个服刑期满留场就业的国民党旧军官，他有一个儿子也在老家乡下，年龄和这些知青差不多，他对这些知青心生同情，借钱给他们，知青没钱归还，他也不讨要。后来知青思乡心切，想回家探亲没有路费，偶然发现这个老头儿戴着一只手表，索要未果，就用水缸上的一把菜刀把老头儿砍死，抢了钱跑回家了。最后知青被缉拿归案判处死刑，那个知青竟然一脸无辜，不明白自己打死这个“阶级敌人”为什么有罪。小说结尾，荒原上留下老头儿和那个知青的两座坟墓，只有野生白罂粟的花瓣在风中瑟瑟……罂粟是一种借喻，罂粟果虽然有毒，但使用适当会具有镇痛消炎的功能，寓意是即便所谓的“恶”也有善的隐伏。这部小说是我较早质疑“革命人道主义”的作品，后被译成英文和法文。那个旧军官同情知青，是有情或“多情”，而那个年代的革命青年，却不知“世上情为何物”，不知“世上法为何物”，到死都没有忏悔之心。因为“文革”甚至更早，内地用“无情”“有恨”的阶级斗争立场，提倡对敌人要像寒冬一样严酷无情。这种极其有害的教育，使得这一代人长期处于无知无爱无情无畏的状态中。

我再举例说自己在20世纪90年代的一部中篇小说《残忍》，听这个篇名就很“无情”。这个故事和几个失踪案有关，还是发生在“文革”中的知青农场，有一个知青连队的连长，常在经济上盘剥压榨知青，动辄整人、还欺负女知青，干了很多坏事。有个男知青很喜欢另一个女知青，但他还没来得及向她表白，种种迹象表明她遭到了性侵。这个男知青非常愤怒，就同另一个男知青，悄悄在荒原上挖了一口干井，然后把连长骗到那儿，把他推到了井底，然后在地面上居高临下审讯他，那个连长没有办法爬上来，只好承认自己干了哪些坏事以求宽谅，两个男知青越听越生气，就用挖井的土把连长活埋了，然后把土地平整了一番。夏季的原野上，雨后青草很快疯长，几天后就像原来一样。茫茫荒原上人烟稀少，这个意外事件并没有被人发现。但连长失踪是一个问题，过了一段时间，上级派人来调查，要搞清楚连长去了哪儿，实在查不出眉目，为了报功，就打算把连长作为牺牲的英雄进行表彰。这时候，那个男知青受不了了，他们的初衷本是为了除害，结果怎么让坏蛋变成了英雄？他就决定站出来“自首”，只有自首才能揭露那个连长的恶行。在这个决定付诸行动之前，他对另一个男知青说，他将独自承担一切后果和责任，只希望那个男知青活下去，去帮他找到那个心爱的女孩儿。因为那个女知青在得知连长失踪后，当天晚上也失踪了。他希望那个男知青朋友今后能够代替他好好照顾她……于是这个男知青把上级派来的人带到了连长被活埋的地方，证实了连长已经被害，连长当然没有当成英雄，但这个知青也付出了生命的代价。小说中这个连长很残忍、这个男知青也很残忍。而女知青暗中对他们的报复行为有所察觉，她因无法承受这种残忍，便选择了远离残忍因而自我失踪。更重要的是结尾，改革开放二十年以后，那个活下来的男知青因为去俄罗斯边境做贸易，顺路去农场埋葬那个男知青的荒原，祭奠他当年的哥儿们。他在他的坟前洒酒点烟祭拜，一边在心里慨叹：那哥儿们为了替一个女人报仇而失去了生命，错过了后来这些年做生意赚钱吃喝玩乐的好日子，死得好亏。他不是从“文革”时期法治的缺失、人性的堕落去进行反思的，而是从个人利益出发，认为他们当年“伸张正义为民除害”的行为不值得，这对于那个死者来说是残忍的。更残忍的是，他接着又转念想：那个哥儿们心狠手辣，如果他没死，两人一起做生意，说不定哪天也会被他算计了。所以，那个哥们长眠于此倒也不错，这样对于自己才是安全的……小说到这里结束。这个活到了二十年后的人，心里这个可怕的念头，才是我们现实生活中真正的残忍。最残忍的事情不是用刀子杀人，而是用一种貌似有理的“说法”，把历史上曾经发生的残忍往事，一笔勾销一笔抹杀了。这部小说中，我写了各种不同形态的残忍，残忍是无情的极致，无情必然来自曾经的有情或多情。最初导致那个男知青对连长采取无情行动的，是由于他对女知青的“多情”。女知青的失踪，亦是她对曾经多情地对待这个世界的极度失望。这部小说较之《白罂粟》的人性初探，进入到更深层面的质询——为什么活下来的那个男知青，内心如此冰冷黑暗？为什么经过了几十年改革开放之后，他对历史和自我都毫无反省？因为在某种意识形态之下，体制以正当的名义，把人心里的“情愫”像剔骨肉般一刀一刀剜除掉了。“文革”时期那些漠视生命的行为、欺辱弱者的行为、目无法律的行为，在后来这几十年中，并未、从未得到过真正的清理、清算和矫正。这代人以及他们的下一代，很多人依然蒙昧麻木甚至凶狠，就好像心肌被“硬化”了。一个人如果先天基因缺陷、童年少年时代基因受损，或许会导致“基因突变”。我们中间的很多人，就是带着这样的基因缺陷，走入了现代社会。

面对高科技时代和全球化浪潮，我们开始面临有关“无情”和“有情”更严峻的选择。每天翻开报刊或是点击因特网，一件件“无情”的事实，令人惊骇颤栗。诸如家庭成员为争夺遗产而反目成仇、事业合作伙伴为争利益而你死我活、夫妻情变导致的互相残杀……一个极度贫穷的家庭，为了让考上大学的儿子交上学费，父母亲轮流卖血挣钱。几年里父母亲所卖的血量，能以桶装。儿子进城后却迷醉于时髦的生活方式，把父母卖血的钱用来挥霍，整天泡在网吧里不上课，当媒体终于找到这位“浪荡子”，告诉他父母已是贫病交加时，他仍是麻木不仁不思悔改。有一对父母从小对女儿疼爱有加但管教甚严，女儿长大，沉迷于物质享受，多次向父母索取钱财，遭拒后竟然杀心顿起，亲手将熟睡中的父母杀死，然后将家中财物席卷一空一走了之。在某个偏远山乡，一生辛劳的父母年迈丧失了劳动能力。儿女将其弃于黑屋不顾，外出“打工”逃避。黑屋无水无暖，多日后被邻居发现，老人已经冻饿而死……

如此“多情”的父母与“无情”的儿女。这就是我们面对的无情世界。个人的无情是一种道德沦丧，而社会的无情则是一种集体的罪恶、是文明的缺失。古往今来，人作为一种具有精神与感情需求的高等动物，亲情、友情、爱情，都是我们生活的精神支柱。当然，亲情表面上看来温情脉脉，却蕴含着极大的杀伤力，在某种情况下会成为毁灭自己和毁灭他人的温情杀手，带来恶劣的后果。我们看到一些腐败事例的发生，表面上是为顾及子女、亲友、情人的生活前途，不惜挪用公款贪污受贿。在这里，亲情其实只是一种冠冕堂皇的借口，亲情的背后更多的是腐朽的宗法、血缘、封建残余价值观，比如封妻荫子、衣锦还乡、光宗耀祖等等，直至权色交易。这个社会为什么会变成这样呢？究竟是什么原因，使得延续千年的中华民族传统美德，在现代社会生活中崩溃得如此迅速、脆弱得不堪一击？借用内地作家海岩多年前一部书名：《拿什么拯救你，我的爱人》。我不知道拿什么拯救，但我知道这代人既没有完整地接受儒家传统文化，也没有系统地接受人文主义的启蒙教育；我们缺少宗教的感恩之心（无论是哪一种教义）、向善情怀、对罪恶的惩戒机制。有人动辄就把责任推给商品经济，社会上一旦出现负面新闻，有人就归结于市场经济的“唯利是图”，或是西方的“腐朽文化”。殊不知任何一个健全成熟的商业社会都是有规则的，个人利益与国家利益、商业规则与职业道德、社会公德、宗教信仰以及公民自律。商业法则看似冰冷无情，却是为了更有效地保障契约人的权益。商业时代人们的物质欲望增强，人与人之间的情感需求自然减少，亲情关系不同程度地变得疏离和淡漠。但是这种“无情”具有一定的进步性，彰显出社会公共空间和个人独立性的加强，家庭成员之间生存的依赖性和互助性逐渐递减；传统伦理中所规定的那种父父子子的人身依附关系也在逐渐消解。作为现代人，必须自觉地寻求传统道德与现代精神之间的连接点，如果我们不能从传统文化中提取“良心”“情义”“己所不欲勿施于人”等精华遗粹；也不能从西方文化中学习爱、尊重、理解和宽容等人道主义精神，我们的肉体就将无可依傍、灵魂就将无可皈依。“多情”的种子，是不可能在长年“无爱有恨”的盐碱地上发芽的。

我们再来看金庸先生的小说《天龙八部》，那个情痴奇侠段誉，见一个爱一个，但凡爱上了，都是真心实意倾尽心力，比贾宝玉有过之无不及。读者也很享受他这样真诚的多情。再看游坦之，一个平凡少年，爱上了少女阿紫。后来当阿紫被挟持，游坦之毫不犹豫当众下跪于丁春秋，甚至愿意为爱罩上铁面。这份情感，连当时在场的段誉都自叹弗如。游坦之明知自己不敌萧峰，却仍试图从这“大魔头”手中救出阿紫。他也知道阿紫有一天可能会离他而去，仍然痴心不改，甘愿挖出双眼给阿紫，让她重见天日。而换上游坦之眼睛的阿紫逃出辽国，却去救她真正心爱的萧峰了。当萧峰最后因种种失利愧对族人而自杀身亡，阿紫抱着萧峰的尸体，挖出眼珠还给游坦之，然后跳下万丈悬崖。而游坦之也高呼“阿紫”的名字，紧跟跳下。这份痴情可谓“前无古人，后无来者”。然而，游坦之的多情是以阿紫的无情为依托的，而阿紫的无情却是为了映衬对萧峰的多情。在金庸先生笔下，无论故事怎样一波三折，无论人物多情还是无情，总有一个正义的标杆始终立在后面，有一个“真情”的底板在那里，有大善大美、至情至爱的温暖藏在深处。好作品就是这样通过对恶的无情揭示，达成对善的多情张扬。

前不久我读了匈牙利作家马洛伊·山多尔的《烛烬》。非常感慨。从某种意义说，这也是一个“多情”与“无情”的故事。两位老友在离别四十年后重逢，在昏暗的猎屋里秉烛对坐。基本上是庄园主人老将军喋喋不休的深情追忆，试图探究多年前友情中断的原因，而客人则始终沉默寡言。年轻时他们曾经形影不离，但后来客人突然“无情”地离开了将军，将军四十年不得其解，其实他不愿意正视这位最好的朋友背叛他的难言之隐。这次彻夜长谈在天明时分以客人的寥寥数语告辞结束，依然是悬念与无解。将军的多情与客人的冷漠形成了鲜明的反差。客人的“无情”中，实则隐伏着他与将军夫人的隐秘“情丝”，最终导致青年时代诚挚的友谊一去不再回返。所以“多情”与“无情”常常互为因果。也许作者真正想告诉读者的是，世上最无情的，不是人心而是岁月。时间消逝，尘世间一切多情与无情之苦，最终都化为烛泪与灰烬，归于沉寂。

而文学，就是蜡烛燃烧时，流淌下来的一滴滴烛泪。文学能做的是：小心地把时间的灰烬保存在文字中，让它们被读者心里的火种再次点燃。每个人其实都有一份未了之情——思念、追忆、彻悟、忏悔、祈盼……我们写作的人，就是在这个无情世界里，无望地寻找真情的多情人。